KB114816

FUSION FANTASTIC STORY

SOKIN 장편소설

재벌 작가

재벌 작가 6

SOKIN 장편소설

초판 1쇄 찍은 날 § 2018년 2월 23일
초판 1쇄 펴낸 날 § 2018년 3월 2일

지은이 § SOKIN
펴낸이 § 서경석

총괄팀장 § 최하나
편집책임 § 김경민
편집 § 이종식

펴낸곳 § 도서출판 청어람
등록번호 § 제387-1999-000006호
등록일자 § 1999. 5. 31
어람번호 § 제1-2858호

주소 § 경기도 부천시 부일로 483번길 40 서경B/D 3F (우) 14640
전화 § 032-656-4452 팩스 § 032-656-4453
http://www.chungeoram.com
E-mail § chungeorambook@daum.net

ISBN 979-11-04-91661-8 04810
ISBN 979-11-04-91484-3 (세트)

FUSION FANTASTIC STORY

SOKIN 장편소설

재벌 작가

6

청어람

Contents

제1장

별책 부록

　하루다가 앞에 놓여 있는 냅킨을 들어 입술을 닦았다. 하루다도 일본 사람이다. 제목에 담긴 일본에 대한 부정적 의견이 결코 달가울 리 없었다. 앞에 앉아 있는 우민이 아니었다면 당장 자리에서 일어났을 것이다.

　"제목부터가… 아주 구미를 당길 만큼 자극적이구나."

　"서점에 갔더니 '개한론'이라는 책이 베스트셀러 5위를 기록할 만큼 인기를 끌고 있더라고요. 거기에서 영감을 얻었어요."

　"그 책이 미츠에 출판사에서 출간되었나 보지?"

　"뭐……."

우민은 굳이 부정하지 않았다.

"내가 말해주마. 출판사 뼈대 정도는 내가 세웠다고 할 수 있으니까 내 말을 가볍게 여기지는 못할 거다. 그 책은 내리고, 진행하려고 했던 계약이 정상적으로 진행되도록 말해주마."

우민이 앞에 놓여 있던 회 한 점을 입에 넣었다. 입안에서 바다 향이 느껴졌다. 우민이 입을 우물거리며 말했다.

"번거롭게 만들고 싶지 않아요."

"내가 번거로워질까 봐 그런다."

"하하, 작가님이 번거로워질 일이 뭐가 있다고 그러세요."

"네가 가만히 있을 녀석도 아니고, 분명 여기저기 시끄러워지겠지. 그러면 사람들이 나에게도 찾아올 게 아니냐."

우민이 입가에 미소를 머금은 채 말했다.

"하하, 세상 속에 섞여 살아라. 작가님이 제게 해주신 말씀이잖아요."

"그거야 네 녀석처럼 젊은이들에게나 통용되는 말이고!"

우민의 미소가 능글맞게 변해갔다.

"작가님이 얼마나 동안이신데. 사람들이 보면 저와 동년배라고 할 겁니다."

하루다가 졌다는 듯 중얼거렸다.

"허허, 이 녀석이 정말."

"별일 없을 겁니다. 정말 별일 없을 거예요."

"그래, 알았다. 밥이나 마저 먹자."

자칫 딱딱해질 뻔한 분위기가 풀어지며 다시 화기애애한 분위기가 형성되었다. 변화된 기류를 감지한 카타리나가 연신 종알거리며 하루다에게 말을 걸었다.

그 덕에 중간에 끼인 우민은 동시통역사 역할을 해야 했다.

식사 시간이 끝나고 본격적으로 작품에 대한 이야기가 시작되었다.

"네가 보내준 '떨어진 달'은 나도 재밌게 읽어보았다. 다만 탄탄한 세계관에 너무 신경을 쓴 나머지 작중 인물들의 개성이 약한 게 그나마 찾을 수 있는 흠이더구나."

"초반 이야기를 끌고 나가려다 보니 약간은 설명 위주의 글이 되어버렸어요. 앞으로 권수가 늘어나면 말씀하신 부분들이 보완되어 출판될 겁니다."

"총 몇 권을 생각하고 있는 거냐?"

"권당 판매 부수가 백만 권 이하로 떨어질 때까지 이야기는 진행될 거예요."

하루다가 헛웃음을 터뜨렸다.

"허허, 하여간 여전하구나."

"사람이 쉽게 변하면 큰일 난다고 했습니다."

"그래, 내가 보내준 원고는 읽었고?"

우민이 고개를 끄덕였다. 놀란 카타리나가 눈을 동그랗게 떴다. 시우란이라고 해서 크게 다르지 않았다.

"네, 하도 재촉하셔서 머릿속에 각인이 되도록 보았습니다. 지금도 각막에 글자들이 둥둥 떠다니는 것 같아요."

둘 사이의 대화에 카타리나가 끼어들었다.

"원고라면 하루다 작가님 신작?"

무라미 하루다도 간단한 영어라면 이해가 가능했다. 카타리나의 말을 알아들었는지 고개를 끄덕이며 연신 'Yes'를 읊조렸다. 우민의 대답은 듣지도 않은 채 카타리나가 말을 이었다.

"그걸 네가 왜?"

"왜라니, 부탁하시니까 그렇지. 한번 읽어보고 작품의 내용이나 인물들의 묘사, 전개의 적절성 등 뭐 그런 거 있잖아."

태연한 우민의 대답에 시우란은 금세 수긍했다.

"은공님이라면… 충분히 그럴 수 있죠."

반면 카타리나는 여전히 믿지 못했다.

"말도 안 돼… 무라미 하루다 작가님이 왜 너한테… 아무리 네가… 그래도 그렇지……"

대충의 의미를 파악한 하루다가 보디랭귀지를 선보였다. 우민을 향해 연신 엄지를 치켜든 것이다. 카타리나도 그 의미를 모를 리 없었다.

그러나 여전히 믿지 못했다. 무라미 하루다는 이미 십수 년

전부터 세계적인 명성을 날리고 있는 작가, 우민에 비할 바가 아니라고 생각했다.

우민은 굳이 카타리나를 설득할 필요를 느끼지 못했다. 그저 자신이 해야 할 일에 충실했다.

"109페이지 묘사 말인데요. 곰곰이 생각해 보면 주인공인 시게루가 굳이 자신의 친한 친구인 마유미에게 서툰 감정 표현을 해야 했을까 싶어요……."

그 뒤로 아파트에서 나올 때까지 시우란과 카타리나는 한 마디도 끼어들지 못했다.

사위에 짙은 어둠이 내린 캄캄한 밤이 되어서야 우민은 아파트를 나섰다. 카타리나는 궁금함을 참지 못하고 물었다.

"너… 뭘 하고 다닌 거야?"

우민이 어깨를 으쓱해 보였다.

"뭐가."

"내가 모르는 1년여의 시간, 그 시간 동안 언제, 어디서, 누구와, 무엇을 왜, 어떻게 했는지 육하원칙에 의거해서 자세하게 설명해 봐."

우민이 손가락으로 시우란을 가리켰다.

"이쪽은 중국."

그리고 다시 검지를 움직여 무라미 하루다가 살고 있는 아파트를 가리켰다.

"저기 일본."

마지막으로 검지가 향한 곳은 카타리나였다.

"네가 미국."

"내 말은 그게 아니잖아. 그럼 다른 나라는? 1년 동안 세 군데밖에 다니지 않았다고?"

"그냥 다양한 사람을 만나고, 여러 일들을 했으며, 보지 않았으면 하는 것들까지 보고 왔다고 해두자."

우민은 대답을 피했다. 아무리 짧게 말한다고 해도 최소한 일주일 정도가 필요했다.

"그러면… 그 다양한 사람들 중에서, 여러 일들 중에서, 보지 않았으면 하는 것들 중에서 내가 알 법한… 예를 들어 '무라미 하루다' 정도의 파급력을 가진 규모로만 말해봐."

시우란도 상당히 궁금했는지 귀를 쫑긋 세우고 있었다. 이대로 가만히 두었다가는 하루 종일 쫓아다니며 물어볼 것 같은 기세에 눌려 우민이 천천히 말을 이었다.

"프랑스에서는 '벨베르 베르베'라는 작가를 만났어. 대표작 '거미'를 비롯해 많은 이야기를 나눴었지. 다음에는 아마 중동으로 넘어갔던 것 같아."

중동이라는 단어가 나오자 우민의 목소리가 작게 잦아들었다.

"여행 금지국도 아니었는데 내가 있던 호텔 바로 옆에서 테러가 일어났었지. 사방에서 비명 소리가 터져 나왔고 누군지 모를 사람의 팔다리가 사방에 늘어져 있었어. 종교라는 이름으로 자행되는 참상들을 하나하나 보고 왔어……."

우민이 그때 생각에 잠시 뜸을 들였다.

"…처참하고, 처절한 삶의 모습은 내가 감히 말이나 글로 표현할 수 없을 정도였어. 글을 쓰고 책을 출간해 알리고 싶은 마음도 있었지만 '같잖은 동정심'은 아닐까 하는 생각에 아직 보류하고 있는 중이다."

택시를 잡기 위해 이동하며 우민은 빠르게 말을 이었다.

"남미 쪽에서는 '파엘리 코엘르'라는 작가를 만났어. '연금사'라는 책으로 잘 알려진 분이지."

우민의 말이 이어질수록 카타리나는 자신의 귀를 의심했다. 몇 번을 '진짜?', '정말?', '사실이야?'라고 물어보고 싶은 걸 참았다. 이제 경험으로 알게 되었다. 지금 우민이 하는 말은 전부 사실이다.

택시를 잡아타고 호텔로 돌아가는 동안에도 우민의 말은 계속되었다. 그 뒤로 나온 인물, 그때의 상황들은 여전히 카타리나의 귀를 의심케 했다.

*　　　　　*　　　　　*

도쿄 시내가 한눈에 들어오는 도쿄 타워 특별 전망대.

대전망대에서 엘리베이터를 타고 100m 정도 더 올라가면 나오는 꼭대기 층에 손석민과 박은영이 나란히 서 있었다.

박은영이 전등 빛으로 반짝이는 야경을 바라보며 말했다.

"시간이 참 많이 흘렀네요."

"벌써 강산도 변한다는 십 년이 넘게 흘렀습니다."

"그동안 정말 감사했어요. 그리고 앞으로도 우리 우민이 잘 부탁드립니다."

"하하, 오히려 제가 우민이에게 잘 부탁한다고 말하고 싶은 심정입니다."

손석민의 말에 박은영이 기분 좋은 웃음을 터뜨렸다. 자식 칭찬 듣기 싫은 부모가 어디 있으랴.

"호호, 그래도 아직 어린애일 뿐인걸요."

박은영의 말에 손석민이 잠시 말을 멈추었다. 시선은 여전히 바깥에 둔 채 속삭이듯 중얼거렸다.

"이제 스무 살이 넘은 어른입니다. 어린 나이는 아니라고 생각합니다."

박은영이 마른침을 삼켰다.

"부모에게는… 언제나 어린아이일 뿐이에요."

손석민이 두 주먹을 불끈 쥐었다. 그러고는 용기를 내 한

자씩 쥐어짜내듯 말했다.

"그 부모라는 짐… 함께 나누고 싶습니다."

정적.

순간적으로 정적이 흘렀다. 손석민은 자신의 결심을 보여주기 위해서인지 주머니에서 반지함을 꺼내 들었다.

그 안에 들어 있는 건 영롱한 빛을 발하는 다이아몬드. 불변의 광석이기에 결혼반지로 가장 많이 사용되는 보석이었다.

"받아주십시오."

불쑥 무릎을 꿇은 손석민이 두 손을 공손히 들어 박은영에게 내밀었다. 반짝이는 반지를 확인한 박은영의 눈빛에 진한 갈등이 묻어났다. 아무 말도 하지 못한 채 망설이는 박은영을 향해 손석민이 말을 이었다.

"이미 우민에게는 허락받았습니다. 저희 사이를 인정한다고 했어요. 정식으로 결혼하고 싶습니다."

여전히 박은영은 망설이는 중이었다. 뭔가 죄를 짓는 듯한 기분에 사로잡혔다.

정말 이래도 되는 걸까?

손석민은 박은영에게 고민의 시간을 주지 않았다. 자신의 진심을 담아 말했다.

"은영 씨, 사랑합니다."

두근.

서서히 갈등이 멀어지고 심장이 뛰기 시작했다. 사랑. 언제 적에 들어봤던 말이던가.

남편이 하늘나라로 떠난 뒤에는 한 번도 들은 적이 없었다.

"앞으로도 평생 사랑하겠습니다."

밤.

야경.

외국.

세 가지가 조화를 이루며 잠겨 있던 마음의 문을 열어젖혔다. 손발이 오글거리는 말이었지만 진심이 담기자, 세상 어디에서도 맛볼 수 없는 달콤함으로 다가왔다. 얼른, 넙죽 삼키고 싶었다.

잠시간의 시간이었지만 손석민에게는 영겁의 시간처럼 느껴졌다.

"받아… 주시겠습니까?"

아무 말 없이 자신을 바라보는 박은영의 눈길이 두렵게만 느껴졌다.

지금까지 충분히 마음의 교감을 나누었다고 생각했기에 용기를 내었다.

그런데 대답이 없다.

혹여 자신만의 착각은 아니었을까? 만약 정말 그렇다면 지금의 이 관계마저 깨어질 테고, 앞으로 영영 못 보게 될지도 모른다. 손석민은 앞으로 보지 못할 수도 있다는 생각에 두려움이 밀려왔다.

반지를 들고 있는 손은 떨려왔고, 이마에서는 식은땀이 흘러내렸다.

"…어쩔 수가 없네요."

수락?

거부?

애매모호한 대답에 손석민의 혼란은 커져만 갔다. 대답은 말이 아닌 행동으로 나타났다. 박은영이 조심스럽게 손을 내밀어, 손석민의 두 손을 감싸 쥐었다.

따뜻했다.

"저도 여자랍니다. 이렇게까지 해주시는데 가만히 있을 수는 없죠."

천천히, 아주 천천히 손석민이 자리에서 일어났다. 박은영의 두 눈에는 투명한 눈물이 맺혀 있었다.

행복?

죄책감?

과거에 대한 미련들이 눈을 타고 바깥으로 빠져나왔다. 새로운 것을 받아들이기 위함인지 한동안 멈추지 않았다.

"은영 씨……."

와락.

손석민이 탄탄한 자신의 가슴팍으로 박은영을 끌어당겼다. 박은영도 거부하지 않고 빨려들어 갔다.

일본 도쿄도 미나토구의 도쿄 타워. 그곳 250m 부근에서 벌어지고 있는 일이었다.

*　　　　　*　　　　　*

눈치 백단 우민은 미묘한 변화의 기류를 단숨에 알아차렸다.

'…결심하셨구나.'

아직 손을 잡고 있지는 않았지만 서로를 바라보는 눈빛에서 꿀이 떨어지고 있었다.

달콤한 꿀.

예전 박은영의 저 눈길이 향하고 있는 곳은 자신이었지만, 이제는 변했다. 받아들이기로 마음먹고 있었지만 막상 변화된 기류를 보니 심통이 새어나왔다.

"엄마, 전 여기 있다고요."

손석민을 보고 있던 박은영이 어색하게 웃으며 고개를 돌렸다.

"호호, 잘 알지. 우리 우민이 여기 있는 거."

우민이 박은영의 어깨에 팔을 걸쳤다.

"사모님, 오늘은 제가 모시겠습니다."

손석민이 여유롭게 웃으며 말했다.

"하하, 그러렴."

박은영도 환하게 웃으며 대답했다.

"아들, 오랜만에 아들이랑 데이트네."

카타리나가 끼어들려 했지만 우민이 손을 들어 제지했다.

"아무도 안 돼. 모자 단둘만의 데이트다. 너희들은 너희들끼리 놀도록 해."

우민의 단호한 선언에 전석영이 남모르게 미소 지었다. 시우란, 그녀가 작가 그룹 사무실로 오는 순간부터였다. 아무런 일도 없는데 자꾸만 웃음이 새어나왔다. 함수호도 마찬가지였는지 웃고 있었다.

파지직.

순간 두 남자 사이에서 불꽃이 튀겼다.

'형이라고 양보할 수 없습니다.'

'미인은 용기 있는 자가 쟁취하는 법이지.'

'후훗, 제가 이래 봬도 소설닷컴에서 우민 작가님 다음 순위에 랭크되어 있는 사람입니다.'

'관록이 무엇인지 보여주겠어.'

눈빛으로 무수한 대화가 오가던 순간. 시우란이 앵두 같은 입술을 벌렸다.

"그럼 저는 방에서 쉬어야겠어요. 아직 보지 못한 책도 많고, 일본 관광은 별로 흥미가 없어서."

카타리나도 손을 들었다.

"그럼 나도 쉬면서 체력 보충해야지. 아직 일정은 많이 남았
으니⋯⋯."

뒷말은 시우란을 향해 있었다.

"우민이랑 놀려면 쉬어둬야 하니까."

두 여자가 방으로 올라가자 송민영이 함수호와 전석영의 목
에 팔을 걸치며 말했다.

"닭 쫓던 멍멍이들아. 이 누나랑 같이 즐기러 가볼까?"

전석영이 팔을 밀치며 삐죽 입을 내밀었다.

"아, 몰라요."

함수호도 별반 다르지 않은 표정.

송민영만이 재밌다는 듯 둘을 놀려대기 바빴다.

"어이, 닭 쫓던 멍멍이들! 같이 가자니까!"

*　　　　*　　　　*

엄마와의 일본 여행.

어쩌면 이별 아닌 이별이 될지도 모른다는 생각에 우민은
울적해지려는 마음을 몇 번이고 다잡아야 했다.

"아들, 여기 너무 좋다."

둘이 도착한 곳은 메이지 신궁.

시부야 쪽에 위치한 신사로, 일본 천황이 잠들어 있는 곳이었다. 주변을 거대한 숲으로 조성하여 관광객들이 찾는 명소 중 한 곳이기도 했다.

우민이 이곳을 찾은 가장 큰 이유는 잘 조성된 산책로 때문이었다.

"그러게. 엄마랑 이렇게 단둘이 걸어보는 게 얼마만인지 모르겠네."

"그동안 우리 아들이 공사다망해서 그렇지."

박은영이 토로하는 섭섭함에 우민은 아무 말도 할 수 없었다.

글을 쓴다는 핑계로 떠난 여행, 더 어린 시절에는 더 많은 돈을 벌어야 한다는 생각에 오직 잘 팔리는 글을 쓰는 데 집중했다.

돈을 벌기 위해 가정을 소홀히 하는 가장이 떠올랐다.

'내가 그랬었지……'

박은영은 잠시 걷던 길을 멈추고 우두커니 서서 자신을 바라보는 아들을 마주 보았다. 이제는 훌쩍 커버려 눈을 맞추려면 까치발을 들어야 하는 아들의 손을 박은영이 잡았다.

"괜찮아. 사는 게 다 그렇지. 아들 덕분에 좋은 집에서 좋은 거 먹으면서 살고 있으니 오히려 엄마가 고맙지."

우민이 잡힌 손에 힘을 주었다. 이제껏 보이지 않았던 흰머리, 눈가에 드리워져 있는 주름살, 꺼칠한 손이 오감으로 느껴졌다. 정신없이 달릴 때는 몰랐던 것들이 너무 선명하게 보여 눈을 아리게 만들었다.

"아냐. 내가 고마워. 엄마가 아니었으면 여기까지 못 왔을 거야."

우민의 말에 박은영이 헛웃음을 터뜨렸다.

"호호, 엄마가 뭘 했다고 그러니."

"내가 전에 말했잖아. 그냥 엄마가 늘 있던 그곳에 있는 것만으로 세상 어느 것보다 내게 힘이 돼."

진심이 담긴 말에 박은영의 눈동자가 사정없이 흔들렸다. 혹여 아들에게 들킬까 발걸음을 빨리했다.

"날씨 좋다!"

우민이 조용히 그 뒤를 따랐다.

맛집이라 추천받아 찾아온 초밥집.

입안에서 느껴지는 밥알의 감촉이 회와 어우러지며 상승작용을 일으켰다.

마치 바다에 와 있는 듯한 착각마저 드는 느낌에 우민의 입가에도 기분 좋은 미소가 그려졌다.

박은영이 그런 우민의 허를 찔렀다.

"누구야. 카타리나 생각하니?"

당황한 우민이 음식을 채 삼키지도 못한 채 변명했다.

"어, 엄마!"

"아니면 민아? 민아랑은 완전히 선을 그었다고 들었는데… 그럼 설마?"

박은영의 두 눈이 반달 모양으로 휘어졌다. 당황한 우민이 아무 말도 못하는 사이 또다시 허를 찔렀다.

"시우란이 몸매가 가장 좋긴 하지. 우리 아들이 글래머 스타일 좋아하는지는 처음 알았네?"

푸흡.

글래머라는 말에 결국 입안에 있던 밥알이 몇 알 튀어나왔다. 박은영이 입을 가린 채 깔깔거리며 웃어댔다.

"엄마!"

"엄마 여기 있다. 너도 어장 관리 그만하고 빨리 정착해. 엄마는 손자 빨리 보고 싶다."

"할머니 된다고 해도?"

"할머니 좋지. 가족이 생기는 거잖아."

이번에는 우민이 박은영의 허를 찔렀다.

"내가 결혼 안 해도 가족, 곧 생기는 거 아냐?"

"뭐, 뭐?"

"석민 아저씨, 언제까지 노총각으로 살게 할 거야."

박은영의 볼이 순식간에 상기되었다. 당황했는지 아무 말도 하지 못하고, 애꿎은 미소 된장만을 홀짝였다.

"아저씨와의 관계… 예전부터 찬성이었어. 그리고 이제 받아들일 수 있을 것 같아."

박은영은 왈칵 눈물이 쏟아지려는 것을 겨우 참아냈다. 한편으로는 섭섭하면서 다른 한편으로 다행이라 생각하는 자신의 마음에 약간의 죄책감마저 일었다.

박은영의 그런 마음을 다 안다는 듯 우민이 말을 이었다.

"괜찮아. 엄마 말대로 사는 게 다 그런 거지 뭐. 어릴 때는 세상이 내 손바닥 위에 있다고 생각했는데 자라면서 경험해보니까 꼭 그런 것만은 아니더라."

우민이 유일하게 속내를 고백하는 상대, 엄마 앞이었다. 평소 생각하던 것들이 한 치의 꾸밈도 없이 진실하게 흘러나왔다.

"처음 책을 냈을 때 서점 구석에 박혀 있는 책을 보며 엄마기 말했었지. 세상에서 가장 많은 책을 판매한 작가가 될 거라고. 엄마 말대로 곧 그렇게 될 테니까. 내 걱정은 그만하고… 엄마도 엄마가 행복한 길을 찾아갔으면 좋겠어."

담담한 우민의 고백에 둘 사이에 정적이 흘렀다. 일본 도쿄에서 또 하루가 흘러가고 있었다.

*　　　　*　　　　*

다음 날.

우민은 도쿄의 한 빈 사무실을 둘러보는 중이었다.

"여기 괜찮네요. 뷰도 좋고, 위치도 중심지라 이동하기도 편하고."

"이제는 일본 지사까지 만들다니… 너 미츠에 출판사에서 완전히 찍혔다는 사실은 알고 있는 거지?"

우민이 말을 하기 전 손석민이 재빨리 말을 이었다.

"아차차… 미츠에 출판사가 너한테 찍힌 건가. CG미디어에 중국, 그리고 일본에서는 미츠에 출판사까지… 얘네 다 합치면 어마어마하겠어."

"하하, 이름만 들어서도 온몸이 벌벌 떨리네요."

우민의 장난스러운 몸짓에 손석민이 소리쳤다.

"우민아!"

"사업이 장난이 아니라는 것 정도는 저도 알아요."

"그러면 일본 지사를 만들어서 유지하려면 비용이 얼마나 들어가는지 생각해 봤어? 사무실 비용만 해도……."

말을 하던 손석민에게 순간적으로 깨달음이 찾아왔다.

"그 모든 비용보다 많은 책이 팔릴 거라 자신하는 거냐?"

"이제 점점 적응하시나 보네요."

"우민아, 일본에서도 종이책 시장은 점점 줄어들고 있어."

"하하, 알고 있습니다. 그래도 여전히 세계 10위권 안에 드는 출판 강국이죠."

"그야, 그렇지만."

"그리고 책만 팔지는 않을 겁니다. 별책 부록이 들어갈 거예요."

손석민이 이해가 가지 않는다는 듯 우민을 바라보았다.

"일본에서는 양장본을 만들어 팔 겁니다. 그리고 아주 풍부한 별책 부록을 넣어서 비싼 값을 받을 겁니다. 일종의 프리미엄판인 거죠."

손석민이 미간을 찌푸렸다. 여전히 마음에 들지 않는 눈치였다.

"그러기 위해서는 명성이 있어야 해. 세계적으로 이름을 알리고 있다지만, 네 책들의 일본 판매량은 평이한 수준이다. 베스트셀러 10위권에 간신히 들락 말락 한 수준이야. 미국에서와는 또 다르다는 말이다."

"홍보라면 걱정하지 마세요."

"어떻게? 내가 미츠에 출판사를 콘택트한 이유도 다 홍보 때문이었다. 그 출판사에서 나온 책이라면 믿고 보는 독자들이 있고, 회사의 자본이나 일본 내 튼튼하게 다진 기반으로 마케팅을 책임져 주기로 했어. 너는 모를 수도 있는데 미츠에는 무라미 하루다 작가님이 전속 계약을 맺을 정도로 탄탄한 출판사다."

숨도 쉬지 않고 말을 이어가던 손석민이 다시 한번 강조했다.

"너도 알지? 무라미 하루다 작가님. 그분이 소속된 출판사야. 미국에서도 딘 브라운 씨가 서평 써준 덕 좀 봤잖아. 이번에도 그럴 기회가 있었는데 놓친 거란 말이다."

손석민이 말을 이어갈수록 우민의 미소는 짙어져만 갔다. 그 의미를 오해한 손석민이 자조적인 어투로 읊조렸다.

"그래 뭐, 너라면 다 이겨낼 수 있겠지. 지사를 만들어서 비용을 넘는 수익은 충분히 뽑아낼 수 있을 거다. 매번 그래왔듯이."

"하하, 너무 그렇게 생각하지 않으셔도 됩니다. 아저씨처럼 신뢰할 수 있는 사람이 옆에 있다는 사실만으로도 큰 도움이 되고 있어요."

우민의 위로에도 손석민의 쓸쓸함은 사라지질 않았다. 그런 손석민에게 우민이 쪽지 하나를 내밀었다.

"그것보다 이것부터 봐주세요."

우민이 내민 쪽지를 본 손석민이 놀라 입을 다물지 못했다.

〈떨어진 달〉

이 세상에서 볼 수 있는 최초, 최고, 그리고 최후의 장편 판타지 소설.

세계는 그의 세계로 빠져들 것이다.

그리고 열광할 것이다.

내가 그랬듯이.

무라미 하루다.

"너, 너, 너… 이런 걸로 거짓말하면 감옥행이다. 사문서 위조야."

"무슨 그런 무서운 말씀을 하십니까. 제가 '무라미 하루다' 작가님께 직접 받은 서평입니다."

"어, 어떻게……."

"서평만이 아니라 직접 인터뷰도 해주시기로 했어요."

손석민은 망치로 뒤통수를 한 대 얻어맞은 듯한 느낌이었다.

출판했다 하면 일본 베스트셀러 1위, 초판 인쇄만 최소 백만 권을 넘어가는 일본이 낳은 세계적인 작가에게 서평을 받았다니.

자신이 알기로는 이 둘 사이에 접점은 없었다.

그렇다는 말은 자신이 모르는 1년 사이에 친분이 생겼다는 말이었다.

우민은 자신이 들고 있는 다른 패도 꺼내 들었다.

"그리고 이건 '벨베르 베르베', '파엘리 코엘르', '왈라 소리카'

의 서평입니다. 일본 서점에서 본 책이 너무 어이가 없어서 제가 알고 있는 인맥들을 최대한 동원했습니다."

우민이 보여준 핸드폰에 도착해 있는 메일.

정말로 그들과 메일을 주고받았는지 서평이 도착해 있었다.

"우민아, 이 사람들… 진짜냐?"

하나같이 간단하게 넘어갈 수 있는 이름은 없었다. 한국에도 익히 알려진 유명 작가에서부터 이미 노벨 문학상을 받았던 작가까지.

이 사람들의 추천이 있다면… 충분히 승산이 있다.

"언제나 그랬듯이. 그렇게 될 겁니다."

우민이 자신 있게 고개를 끄덕였다. 손석민이 느끼고 있던 쓸쓸함도 소리 소문 없이 사라져 있었다.

*　　　*　　　*

한일 출판 역조 현상.

일본의 문학 서적들은 900여 종 이상이 매년 한국에 번역 출판되나, 한국의 문학 서적이 일본어로 번역되어 출판되는 경우는 거의 없다. 이러한 현상을 일컫는 말이 바로 '한일 출판 역조 현상'이었다.

미츠에의 편집장, 가토 쇼타도 이러한 내용을 누구보다 잘 알고 있었다.

"그렇지 않습니까? 일본 문학의 발끝에도 미치지 못하는 한국 놈이 어디서 듣도 보도 못한 책을 들고 와서는 출판을 해 달라니 어이가 없어서 말이 안 나올 지경이었습니다."

모두가 조용히 하고 있는 가운데 가토 쇼타가 열변을 토했다.

"작가님이야말로 누구보다 일본 문학의 우수성을 잘 아실 거라 생각합니다. 당장 일본에서 한국으로 수출되는 출판물의 양만 해도 비교가 되질 않으니까요."

아무리 떠들어대도 분이 풀리지 않는지, 가토 쇼타의 입은 도무지 멈출 기색을 보이지 않았다.

"감히 대일본제국이 개조가 필요하다느니 하는 망발을 하다니. 일본에서 팔리고 있는 그놈 책은 전부 절판시켜야 하는데."

흥분해서 떠들어대던 가토 쇼타가 부하 직원에게 물었다.

"서점에는 연락해 봤어? 매대에서 전부 뺄 수 있는지 확인해 보라고 한 지가 언제인데 아직 말이 없어."

"그건 좀 어렵다고 합니다."

"칙쇼! 조센징이나 두둔하는 매국노 새끼들."

기회를 보던 사이토 신지로가 열렬히 고개를 끄덕이며 동의했다.

"정말 빠가야로들이군요. 대일본제국 신민의 도리를 저버리고, 조센징의 책을 팔다니."

"하하하, 맞습니다. 역시 사이토 상과는 말이 통하는군요."

가토 쇼타가 호탕한 웃음을 터뜨리는 사이 직원 한 명이 사무실 문을 열고 들어왔다.

"무라미 하루다 작가님 도착하셨습니다."

"오오, 그래요. 어서 안으로 모셔주세요."

사이토 신지로가 잔뜩 긴장했는지 이마에서 식은땀이 흘러내렸다. 편집장 가토 쇼타가 걱정하지 말라는 듯 웃으며 말했다.

"하하, 너무 긴장할 것 없습니다. 무라미 상은 재능 있는 신인 작가들을 좋아하시니까요."

사이토 신지로의 간곡한 부탁으로 마련한 자리였다. 마침 신작 관련하여 미팅이 있었기에 가토 쇼타는 흔쾌히 허락했다.

'무라미 하루다 작가님을 만나다니, 이거 3ch에 인증 올리면 바로 인기 글에 올라가겠어.'

신지로는 입가를 비집고 새어나오는 미소를 감추기 위해 사력을 다해야 했다.

자신이 인터넷에서 보던 사진과 싱크로율이 99%였다. 신지로는 자신도 모르게 자리에서 벌떡 일어났다. 하루다가 환하게 웃으며 손을 내밀었다.

"아, 이분이 바로 미츠에서 키우고 있다는 신인 작가분이십니까?"

쇼타가 좀 더 자세한 소개를 덧붙였다.

"하이! 사이토 신지로라고, 이번에 출간한 책이 벌써 백만 권을 넘겼습니다."

신지로가 하루다의 손을 맞잡았다.

"사이토 신지로. 잘 부탁드립니다."

"하하, 저야 이제 나이 들며 지고 있는 신세, 제가 부탁드려야지요."

손을 잡는 순간 하루다의 이두박근이 움찔거리며 움직였다.

꽈악!

윽!

하루다의 팔목에는 힘줄이 도드라져 있었고, 손이 잡힌 신지로가 신음성을 토했다. 옆에서 지켜보던 쇼타가 나섰다.

"자, 작가님."

쇼타의 만류에도 하루다는 힘을 풀지 않았다. 신지로의 얼굴이 종잇장처럼 구겨졌다.

"으윽, 자, 작가님. 그, 그만."

그제야 하루다가 손을 풀며 웃었다.

"하하, 작가라면 모름지기 건강이 가장 중요한데. 이거 신인 작가분이 운동을 너무 소홀히 하고 있어."

신지로가 아직도 욱신거리는 손을 부여잡으며 어색하게 웃어 보였다.

"하… 하하, 아, 앞으로 열심히 하겠습니다."

하루다가 이번에는 신지로의 어깨를 두 손으로 붙잡았다.

"그래야지. 이제 보니 어깨 골격도 말이 아니구먼. 이참에 내가 다니는 헬스장에 등록해 보는 건 어떤가?"

순간적으로 찾아온 고통에 욱하던 마음이 사르륵 녹았다. 신지로는 하루다가 베푼 친절에 연신 고개를 숙이며 대답했다.

"그, 그래도 되겠습니까? 무라미 상과 같은 헬스장이라니 영광입니다."

"물론. 그런데 부탁할 게 있다고?"

다시 편집장인 쇼타가 앞으로 나섰다. 단순히 안면을 익히기 위해 만남을 주선한 건 아니었다.

"이 친구도 이번에 신작을 쓰고 있는데 서평을 한번……."

쇼타가 말을 마치기도 전에 하루다가 말을 잘랐다.

"서평?"

"이번 신작 소설인데 한번 읽어보시면 작가님도 감탄을 금치 못하실 겁니다."

"감탄이 아니라 한탄을 금치 못하겠군요."

갑작스러운 하루다의 발언에 회의실이 순간적으로 얼어붙었다. 당황한 쇼타가 하루다를 불렀다.

"무, 무라미 상……."

"서평이 아니라 책 내는 걸 말리고 싶은 심정입니다. 제 신작도 이곳에서 내야 하나 고민 중이라는 말을 전하기 위해 왔습니다."

"네?"

하루다는 귀찮다는 듯 자리에서 일어나며 말했다.

"왜 그런지까지 말씀드리기에는 제가 시간이 없네요."

그러고는 자리에서 일어나 회의실을 나가 버렸다. 편집장은 황망하게 바라볼 뿐이었다.

* * *

일본에 도착한 첫날부터 서점을 다녀와 밤새 책 한 권을 써냈다. 그 후 있었던 출판사와의 계약 협의. 그 뒤로도 지인을 만나고, 어머니와 해묵은 감정을 해결했다.

최초의 목적은 휴가였지만 우민은 어째 밀린 숙제만 잔뜩한 기분이었다.

정말 아무런 생각 없이 관광을 하며 일본을 즐겼다는 생각이 눈곱만큼도 들지 않았다.

약간 억울해하는 우민을 보며 손석민이 결정타를 날렸다.

"네가 자초한 일이잖아. W 출판사 지사를 세우자고 한 것도, 다 너다? 내가 시킨 건 하나도 없다. 그것 하나는 알아줘야 돼."

우민은 아무 말도 할 수 없었다. 단지 온천을 다녀왔는지 한층 좋아진 피부와 즐거워 보이는 표정의 전석영을 부러운 눈빛으로 바라볼 뿐이었다.

"자, 작가님도 한번 가보시겠어요?"

"괜. 찮. 습. 니. 다."

자신만 일본이라는 나라를 즐기지 못한 것 같아 왠지 억울했다. 카타리나가 그런 우민의 마음을 알아차렸는지 재빨리 팔짱을 끼며 말했다.

"가자, 내가 안내해 줄게."

반대편 팔에는 시우란이 찰싹 달라붙었다. 카타리나 때와는 달리 우민의 볼이 순식간에 달아올랐다. 묵직함이 달랐다. 카타리나가 눈을 흘겼다.

우민이 두 팔을 뿌리치고 앞으로 빠져나왔다.

"머, 먼저 간다."

말을 더듬는 우민을 보며 시우란이 카타리나를 향해 승리의 브이를 그렸다.

도쿄 아키하바라 메인 스트리트.

우민은 고개를 가만두지 못하고, 왼쪽 오른쪽을 번갈아 가며 훑었다.

"민아 누나 인기도… 엄청나구나."

사방에 유민아의 팬미팅 홍보 현수막, 포스터, 홍보 전단지로 도배되다시피 했다.

도쿄돔.
유민아 일본 팬미팅.
That summer.

그 밑에는 유민아의 여신 같은 사진이 붙어 있었다. 이제는 연예인이 연예인으로 생각하는 한류 스타.

미국에서 시작된 인기는 일본, 중국으로 퍼져 나갔다.

"도쿄돔이면 최소 3만 명 이상은 온다는 뜻 아닌가?"

카타리나가 고개를 주억거렸다. 한때 경쟁 상대라 생각했던 인물의 인기가 상상을 초월하는 중이었다.

심지어 시우란도 그녀를 아는 눈치였다.

"유민아라면 '울분'의 여주인공 말씀하시는 거죠?"

"맞아. 어릴 적부터 꽤 친했었지. 잘된 모습을 보니까 보기 좋네."

"은공님의 인맥은 제 상상의 범위를 넘어서네요. 저분과도 친분이 있었다니."

둘 사이에 카타리나가 끼어들었다.

"친했던 정도가 아니었어. 좀 더 시리어스한 관계. 아주 딥

한 관계였어. 물론 남은 건 나지만."

우민이 고개를 저으며 재빨리 앞서 걸었다. 막 썰전을 벌이려던 두 여자가 우민을 놓칠세라 빠르게 그 뒤를 따랐다.

일본 하면 가장 먼저 떠오르는 문화는 만화일 것이다. 아키하바라는 만화 왕국 일본을 상징하는 '오타쿠 컬처'의 본고장답게 수많은 상점들에서 관련 상품들을 팔고 있었다.

가게 앞에서 만화를 뒤적거리던 우민이 시우란을 불렀다.

"시우란, 요즘에도 그림 그려?"

"가끔 취미로 그리는 수준이에요. 옛날처럼 빠져 있지는 않아요."

우민이 뒤적이던 만화책 한 권을 꺼내 들어 시우란에게 보여주었다.

"어때, 혹시 이런 그림도 그릴 수 있겠어?"

시우란이 방긋 웃어 보였다.

"이래 봬도 인민그림대회 1등 출신입니다."

문제없다는 소리.

옆에 있던 카타리나가 답답하다는 듯 우민을 질책했다.

"너 또 무슨 일 꾸미냐? 오늘은 오롯이 관광만 하겠다며."

그제야 생각났는지 우민이 만화책을 내려놓았다.

"그, 그랬었지."

"휴우, 누가 너랑 살지는 모르겠지만 정말 힘들겠다."

그런 카타리나의 말에 시우란이 요염하게 웃으며 대답했다.

"은공님, 저는 전혀 힘들지 않답니다."

"나, 나도 안 힘들어."

우민은 마치 개와 고양이를 보는 것 같았다. 또다시 싸울세라 우민은 걸음을 빨리했다. 이번에도 둘은 으르렁대길 멈추고 우민을 따랐다.

일본에서의 마지막 하루가 흘러가고 있었다.

*   *   *

한국으로 돌아온 우민은 가장 먼저 '더 디렉터' 우승자인 김승완을 찾았다.

"다시 한번 축하드립니다. 앞으로 함께 작품 한번 만들어봐요."

김승완이 우민이 내민 손을 맞잡았다.

"최대한 원작의 느낌을 살려서 원하시는 그림이 나올 수 있도록 만들겠습니다."

마치 충성스러운 부하를 보는 듯한 느낌이었다. 우민도 약간 부담스럽게 느껴졌다.

"하하, 제임스 놀란 감독님의 인정까지 받으셨는데 너무 그렇게 제 취향을 맞추려 하실 필요는 없어요. 예전에 사무실로 찾아오셨을 때와 지금은 상황이 다르니까요."

"아닙니다. 자고로 '사위지기자사'라 했습니다."

우민은 무슨 말인지 단숨에 알아들었다.

"선비는 자신을 알아주는 이를 위해 죽는다?"

"목숨까지는 아니더라도, 그 외에는 전부 바칠 각오가 되어 있습니다."

우민은 여전히 부담스러웠는지 뒷머리를 긁적였다.

"그냥 열심히 해주세요."

"네!"

"그럼 바로 일 이야기를 할게요. 영화 작업은 아직 제작비 마련에서부터 세트장 준비까지 기간이 필요하니 그 전에 영상을 하나 만들어주셨으면 합니다."

"뭐든 말만 해주십시오."

"어떤 영상이냐 하면……."

우민의 설명이 이어질수록 김승완의 표정이 시시각각으로 변했다. 그 표정만으로도 우민의 말에 담긴 내용이 결코 간단치 않음을 짐작케 했다.

그리고 얼마 뒤.

일본 최대 방송사 중 하나인 NK 방송에 광고 하나가 전파를 탔다. 그것만으로는 그리 특이할 게 없는 일이었지만 광고에 나온 인물이 사람들의 이목을 단숨에 사로잡았다.

책을 들고 나온 이는 다름 아닌 '벨베르 베르베'.

프랑스 출신의 작가로 서정적인 문체, 가늠할 수 없는 상상력으로 대중들의 사랑을 독차지하고 있는 세계적인 작가였다.

그런 작가가 처음 보는 책 한 권을 들고 방송에 나오고 있었다.

―이우민 작가의 신작. 떨어진 달.
―그의 상상력은 언제나 저를 즐겁게 합니다.

짧고 굵은 한마디에 불과했지만 그가 들고 나온 책은 사람들의 궁금증을 자아내기에 충분했다.

*   *   *

벨베르 베르베는 시작을 알리는 신호탄에 불과했다.

브라질의 유명 작가 파엘리 코엘르.

아프리카 출신으로 노벨 문학상을 받은 왈라 소리카.

조금이라도 책에 대해 관심이 있는 사람이라면 누구나 알 수 있는 사람들이 TV에 나와 우민의 책을 홍보했다.

그러나 평소 독서를 하지 않는다면 모를 수도 있었다. 광고는 프라임 시간대에 인기 프로 앞뒤로 진행되었지만 아직까지는 책에 관심이 있는, 소위 아는 사람만 아는 그런 광고에 불과했다.

그 아는 사람 중에 한 명이 바로 사이토 신지로였다. 광고를 보자마자 신지로는 직감적으로 알 수 있었다.

'건수 하나 또 잡았다.'

이런 광고를 봤으면 3ch에 글 하나 정도는 올려줘야 '조센징'이라는 닉네임이 부끄럽지 않았다.

일본 최대의 혐한 커뮤니티로 불리는 3ch에서 닉네임 '조센징'으로 활동하고 있는 사이토 신지로. 그가 키보드 위에 손을 얹었다.

—이우민 작가? 그런 이름의 작가도 있음? 내용이 X구리니까. 광고로 책 팔려고 하네.

자극적인 제목에 내용은 그저 제목을 되풀이하는 것에 불과했다. 하지만 그가 글을 올리자마자 추종자들이 글을 클릭하기 시작했고, 이내 3ch 최고의 인기 글에 등극했다.

"흐흐, 비록 서평을 받지 못해 아쉽지만 인증 샷이라도 남겨서 다행이야."

서평은 받지 못했지만 몰래 찍은 인증 사진 하나만으로도 온라인에서 자신의 위치가 한층 공고해졌다. 신지로가 비릿하게 웃으며 올라가는 조회 수와 연속해서 달리는 댓글을 확인했다.

　—나미다메(안습) 종잇값만 버릴 듯.

　—대일본제국에서 한국 작가 놈이 판을 치다니, 조센징 가라! 가서 무찔러 버렷!

　—그래도 '왈라 소리카'라면 노벨 문학상 수상 작가 아니냐? 이런 사람이 돈 때문에 홍보 영상을 찍어줄 것 같지는 않은데… 그렇지 않냐?

누군가 정상적인 사고를 하며 댓글을 달면 '3ch'에서 활동하는 수많은 키보드 워리어들이 죽자고 달려들었다.

死ね(그냥 죽어라), フルボッコ(이 자식 떡 실신 시켜야겠어), 反省しる(반성해라) 등등의 글들이 도배되다시피 했다. 지켜보는 신지로가 야비하게 웃으며 댓글을 달았다.

　—요즘 세상에 돈이면 안 되는 게 어디 있음? 무라미 하루다 작가님 정도 돼야 인정되는 각 아니냐?

이미 3ch 출판물 카테고리에서 왕 대접을 받고 있는 신지로였다. 그가 댓글을 달자마자, 옹호하는 답 댓글 수십 개가 달렸다. 흐뭇한 미소가 절로 새어 나왔다.

"후후, 이놈의 인기는 식을 줄을 모르는군."

근래처럼 자신의 삶에 만족해 본 적이 없었다. 온라인에서 키보드나 두드리며 활동하던 루저. 오프라인에서도 여자 손 한 번 제대로 잡아본 적 없는 그저 그런 루저였다.

그러나 이제는 온, 오프라인에서 인정받는 작가가 되어, 루저의 삶은 종지부를 찍었다.

"자, 그럼 또 다음 작품을 써볼까."

인터넷 안에서 맛본 충만감을 기반으로 워드 창을 열었다.

제목은 '병신 같은 한국에 떨어졌지만 제가 선진화시켰습니다'.

'혐한'을 주요 주제로 하는 라이트 노벨 소설이었다.

＊   ＊   ＊

일본 도쿄의 시내 서점.

오랜만에 서점을 찾은 가토 쇼타가 매대에 진열되어 있는 책 한 권을 집어 들었다.

〈떨어진 달〉

두꺼운 양장본으로 출판된 책은 두꺼운 하드커버 위에 고급스러운 금테가 둘러져 있었다. 전체적인 디자인은 마치 고대의 서적을 생각나게 했다.

충분히 사람들의 구미를 당기게 할 만큼의 외양.

그러나 가토 쇼타에게 그런 객관적인 눈 따위가 존재할 리 없었다.

'이런 책이 서점에서 팔리고 있다는 것 자체가 수치라는 것을 모르나 보군.'

자신도 얼마 전 광고에서 확인한 그 책이었다. 출판사를 확인해 보니 W 출판사. 처음 보는 곳이었다.

이리저리 책을 살펴본 가토 쇼타가 국제 관련 서적이 있는 곳으로 발걸음을 옮겼다.

제목부터가 쇼타의 기분을 좋게 만들었다. 감히 대일본제국에 기어오르고 있는 한국을 깔아뭉개 주는 책들.

'이런 책들을 많이 읽어야 하는데……'

그렇게 정신없이 책을 읽던 쇼타에게 누군가가 다가왔다.

"NK 뉴스인데요. 혹시 인터뷰 하나 딸 수 있을까요?"

미녀 기자의 요청에 쇼타의 귀가 살짝 달아올랐다.

"어떤……"

"다름이 아니라 한국 비판 관련 서적을 보시는 이유에 대해 간단하게 듣고 싶어서요."

"그거야 일본인으로서 당연한 것 아닙니까."

"호호, 인터뷰 때도 그렇게 말씀해 주시면 됩니다."

별로 어려울 것도 없는 일. 쇼타가 고개를 끄덕였다.

*　　　　*　　　　*

우민은 보고 있던 TV를 껐다. 익히 아는 얼굴. 그러나 보고 싶지 않은 얼굴이 NK 뉴스에서 인터뷰를 하고 있었다.

"개소리도 자꾸 하면 는다더니."

혐한. 그리고 한류에 대한 내용의 인터뷰.

뜬금없이 방송에 나온 가토 쇼타는 우민에게 소음에 불과한 소리들을 늘어놓았다.

　—혐한이라는 용어부터가 잘못되었습니다. 다툼의 여지가 있는 사실 관계를 타당한 근거를 가지고 논하는 것에 그런 이름이 붙는다는 것부터가 잘못되어 있습니다.

가토 쇼타는 '당연하다'라는 한마디를 풀어서 이야기했다.

─그들 스스로가 자신들의 나라를 '헬 조선'이라 부르며 비하하고 있습니다. 그만큼 한국이라는 나라의 국민들에게 내재된 분노가 존재한다는 뜻입니다. 이 책들은 그런 분노들을 대신 풀어 쓴 것에 불과합니다.

NK 뉴스를 보고 있던 우민이 전원 버튼을 누른 결정적인 이유였다.

"아저씨, 마지막 CF가 다음 주 맞죠?"

"그래. 네 말대로 세팅해 놨다."

"그러면 거기에 한 가지만 더해요. CF 방송 되는 날, 후쿠시마 방사능 피해자들에게 1억 엔 기부해 주세요."

"10억을 기부한다는… 말이지?"

"네. 제대로 이해하셨네요."

"아직 일본에서 네 책 판매가 시원찮다는 건 알고 있지? 지금까지 판매된 게 만 부가량이야. 비록 권당 4천 엔씩 팔아서 단가가 높다지만 CF 출연료 지급한 거랑, 방송 내보낸 거 합치면 적자야."

"그거야 다음 CF 방송 되면 복구될 겁니다. 일본 국민 작가가 광고에 출연하잖아요."

손석민은 여전히 납득하지 못했다. 지금까지 사용한 비용에 비추어 봤을 때 최소한 본전치기를 위해 필요한 판매 부수는 지금까지 팔린 책들의 100배였다.

"그렇게 어마어마한 자본을 퍼부은 덕분에 100만 권은 팔아야 본전치기 될까 말까다."

생각하는 돈의 단위가 달라진 것 같았다. 손석민의 걱정은 하나였다. 우민이 너무 돈을 쉽게 생각하는 건 아닐까. 너무 많은 돈이 단시간에 들어오다 보니 돈을 생각하는 단위가 달라진 건 아닐까?

"지금 하는 투자는 입소문이 나기 위한 비용이에요. 한 번 입소문이 나기 시작하면 날개 돋친 듯 팔려 나갈 겁니다. 제 글에 어떤 매력이 있는지 아저씨가 가장 잘 알잖아요."

손석민은 반박하기 힘들었다. 떨어진 달의 국내 판매량은 벌써 100만 권을 훌쩍 넘었다. 영어로 된 번역본은 미국에서 재고가 부족할 지경이었다.

그리고 중국어로 쓴 무한록.

하이두의 웹소설 플랫폼에서 연재를 시작한 '무한록'은 20회가 연재된 지금까지 누적 조회 수 오천만 건을 넘었다.

하이두에서 폭발적인 인기를 끌며 부동의 1위를 차지하고 있는 중이었다.

벌써부터 영화, 게임, 드라마, 만화로 제작하자는 문의가 빗발치고 있었다.

"…그래, 잘 알지."

"한 번 보면 끊을 수 없는 마약 같은 존재입니다. 첫 문장을 보는 순간 정신없이 빠져들어, 정신을 차려보면 마지막 페이지를 보며 아쉬워하는 자신을 발견하게 될 거예요. '떨어진 달'은 전 세계에 통할 수 있는 보편적 공감대를 형성하는 데 공을 들인 작품입니다. 일본이라고 해서 다를 리 없어요."

자신감 넘치는 우민의 말에 손석민은 이번에도 아무 대꾸도 하지 못했다.

미국 시장에서도 통했다.

중국 시장이라고 다르지 않았다.

이번에는 일본.

이번에도 성공할 것이라 생각되는 게 당연한 이치였다.

"알았다……."

"꼭 무라미 하루다 선생님의 CF가 방송되는 동시에 기부해 주셔야 해요. 그렇다고 언론에 알릴 필요는 없습니다. 어차피 저절로 알게 될 테니까요."

지금까지 CF 섭외비에 각종 광고 비용, W 출판사 일본 지사를 세우는 데 들어간 돈이 백오십억 정도였다.

십억.

백오십억을 쓰고 나자 십억이 그리 크게 느껴지지 않기도 했다.

"우리 회사 이름으로도 한 십억 기부해야겠구나."

"아저씨 회사에서도 기부했으면 좋겠다고 말하고 싶었는데 먼저 말해주시니 좋네요. 하하, 이런 게 이심전심인가요?"

"네 말을 듣다 보니 10억 정도는 기부해야 일본 사람들도 인정할 것 같은 생각이 들어서 말이다."

"당연합니다. 다른 누구도 아니고, 일본에서 국민 작가라는 타이틀을 가지고 있는 무라미 하루다 작가님도 섭외한 겁니다. 일본뿐만이 아니라, 한국, 그 외 여러 나라에서 그분의 팬들만 해도 수십만은 가뿐히 넘을 겁니다. 그런 분을 섭외했으니 그 정도는 해야 일본 사람들도 인정을 할 겁니다. 그리고 제가 별책 부록으로 넣은 개일론을 인정하게 만드는 명분도 되고요."

손석민이 고개를 주억거렸다.

십억. 비록 작은 돈은 아니었지만 우민의 말을 계속 듣다 보니 써야 할 곳에 쓰고 있다는 생각이 들었다.

* * *

가토 쇼타가 얼이 빠진 얼굴로 부하 직원의 보고를 듣고 있었다.

"무라미 하루다 작가님께서 신작을 저희와 계약하지 않겠다고 하십니다."

"이, 이유는?"

가토 쇼타의 얼굴에 당황스러움이 고스란히 묻어나왔다. 떨리는 목소리가 지금의 일이 얼마나 큰일인지 알려주고 있었다.

"이유는 명확하게 말씀을 안 해주십니다. 어차피 곧 알게 될 거라고, 일신상의 이유로 해달라고 하셨습니다."

털썩.

편집장이 의자 위로 주저앉았다.

무라미 하루다.

그 덕분에 미츠에 출판사 빌딩이 세워질 수 있었다고 알려졌을 정도로, 출판사가 크는 데 대부분의 공헌을 한 작가였다.

미츠에 출판사의 회장이 가장 주의 깊게 관리하는 작가 중 한 명으로 자신이 편집장으로 임명되었을 때도 모든 일에 우선하여 관련 일을 처리하라는 임무를 부여받았다.

도대체 왜.

어디서부터 무엇이 잘못된 걸까.

"아, 그리고 이 말씀도 전해주셨습니다. 이렇게 전해도 될지 모르겠는데……."

부하 직원이 뜸을 들이자 가토 쇼타가 소리쳤다.

"어서 말해봐!"

똥을 포장한다고 해서 금이 되는 건 아니다.

"…그게 무슨 말이야?"

"편집장님이 더 잘 아실 거라고… 하셨는데요."

"내가 그걸 어떻게 알아!"

편집장의 예민한 반응에 부하 직원의 인상이 찌푸려졌다.

"그리고 하나 더 보셔야 할 게 있습니다."

"뭔데?"

"무라미 하루다 작가님이 떠나신 이유와 관련이 있는 것 같아 캡처해 놨습니다."

말을 마친 직원이 들고 온 태블릿에서 동영상 하나를 플레이시켰다.

—떨어진 달.

—이 세상에서 볼 수 있는 최초, 최고, 그리고 최후의 장편 판타지 소설.

—세계는 그의 세계로 빠져들 것이다.

—그리고 열광할 것이다.

—내가 그랬듯이.

우민이 받은 서평.

CF를 통한 효과를 극대화하기 위해 지금까지 아껴두었던 무라미 하루다 작가의 서평이 방송을 통해 흘러나오고 있었다.

＊ ＊ ＊

CF의 효과는 즉각 나타났다. 오프라인 서점에서 우민의 책을 찾는 고객은 가파르게 늘어났고, 3ch의 출판물 카테고리에서도 단연 화제로 떠올랐다.

게시판에서 많은 지분을 가지고 있는 신지로에게는 영 탐탁지 않은 일이었다.

—'떨어진 달' 제목처럼 곧 '떨어질 인기' 아니냐?

예전에는 그가 올린 대부분의 글에 그를 옹호하는 댓글이 달렸었다면 이제는 그 양상이 달라졌다.

—'책. 알. 못'이냐? 읽어봤으면 이런 말 안 나오지.

—신지로 님이 '책. 알. 못'이면 넌 '미생물'.

—이 새끼 인기도 거품이지. 책 쓴 것도 용하다. 객관적으로 말도 안 되

는 괴변 수준 아니냐?

　―이상 한국 유저들의 헛소리였습니다.

글을 남긴 신지로가 어이가 없는지 코웃음을 쳤다.

"하, 뭐?"

그러나 그 이상 할 수 있는 건 없었다. 어느 유저의 댓글이 정곡을 찔렀다.

'떨어진 달'이라는 책이 무섭게 베스트셀러 순위를 치고 올라오며 자신의 순위를 위협하고 있다는 사실만 알고 있을 뿐 사서 읽어보지는 않았다.

"도대체 이딴 책이 뭐가 재미있다고……."

적을 알고 나를 알아야 백전백승.

사이토 신지로는 책을 사기 위해 수화기를 들었다. 굳이 서점까지 가서 책을 사지 않아도 된다.

자신은 인기 작가.

분명 계약을 할 때 편집장이 말했었다.

"보고 싶은 책이 있으면 전화 주세요. 바로 보내 드리겠습니다."

그 말만 믿고 전화했다가 신지로는 낭패를 당했다.

―현재 편집장님이 부재 중이셔서요. 오시면 한번 말씀드려 보겠습니다.

"네……."

―그리고 책은 저희 회사에서 출간된 책 중에서 재고가 존재하는 책들로만 보내 드리고 있습니다. 이 점 참고해 주세요.

"아, 알겠습니다."

가득 찼던 자신감은 빠르게 사라졌고, 그저 알았다며 전화를 끊었다.

신지로는 할 수 없이 집을 나섰다.

집 근처 서점.

사람들이 저마다 책 한 권씩을 손에 들고 있었다. 제목은 꼴도 보기 싫은 '떨어진 달'. 왜 한국인이 쓴 책을 보는지 신지로는 도무지 이해가 가질 않았다.

"뭐가 그렇게 재밌다는 거야?"

서점에 들어서자마자 보이는 베스트셀러 순위.

5위, 개한론. 사이토 신지로.

6위, 떨어진 달.

광고가 나간 지 얼마 되지도 않았는데 무서운 기세로 치고 올라오는 중이었다.

그렇지 않아도 나빴던 기분이 한층 더 나빠졌다.

"베스트셀러 6위?"

신지로는 한층 걸음을 빨리해 우민의 책을 찾아 집어 들었다. 온통 비닐로 싸여 있어 읽어볼 수조차 없었다.

그런데도 매대에 쌓여 있는 책이 빠른 속도로 소모되고 있었다. 신지로가 책 근처로 다가가자.

"이게 그렇게 재밌다며?"

"내 친구도 꼭 사서 보라더라. 보면 아마 작가에 대한 경의를 표하게 될 거라고 했어."

"그래도 4천 엔은 좀 너무하지 않냐?"

4천 엔이면 한국 돈으로 4만 원. 아무리 양장본이라고 해도 4만 원이 넘어가는 소설책은 일본에서도 흔치 않았다.

옆에서 듣고 있던 신지로도 놀라 책의 가격을 다시 한번 살펴보았다.

¥4,000.

정말 4천 엔이었다.

'이놈은 책을 팔겠다는 거야, 말겠다는 거야?'

어이가 없을 지경이었다. 당연히 소비자들이 책을 사지 않을 거라 생각했다.

"별책 부록을 준다더라. 주인공 브로마이드랑 '개일론'이라고, 작가의 일본 여행 수필인데, 이게 또 백미라네."

"그 정도야? 그냥 끼워 파는 거 아냐?"

옆에서 듣고 있던 신지로가 열렬히 고개를 끄덕였다. 끼워 팔기. 자신이 하고 싶은 말이었다.

그러나 예상과는 전혀 다른 대답이 들려왔다.

"나도 처음에는 그렇게 생각했는데, 오히려 별책 부록만 사고 싶다는 사람이 있을 정도야."

"별책 부록 사겠다는 사람이 있다고?"

"그래, 여행을 온 관광객의 시선에서 보는 일본이 적나라하게 드러나는데, 그것들이 너무 객관적이고 직설적이어서 보는 사람을 뜨끔하게 만든다더라."

"그러면 오히려 안 보는 거 아냐? 네 말대로면 그냥 우리나라 까는 이야기라는 거잖아."

신지로가 또다시 고개를 주억거렸다. 어쩜 자신의 마음속에 있는 말을 그대로 해줘 속이 다 시원했다.

그러나 반대편에 있는 친구로 보이는 남자는 계속해서 영 마음에 들지 않는 말만 해댔다.

"그래서 네가 발전이 없는 거야. 정당한 비판은 받아들일 줄도 알아야지 성장하는 거 아니겠어? 일단 보고 말해라. 보면 알게 돼."

보다 못한 신지로가 조용히 혼잣말을 중얼거렸다.

"보나마나 헛소리만 잔뜩 늘어놓았을 게 뻔하지 정당한 비판은 무슨."

어차피 그의 이런 중얼거림은 너무나 작아 주변의 아무도 듣지 못했다.

집으로 돌아와 책을 펼쳐 든 신지로가 마른침을 꿀꺽 삼켰다. 시계를 확인해 보니 벌써 4시간이 지나가 있었다.

책을 펼쳐 드는 순간 손을 뗄 수가 없었다.

점심을 먹는 것도 잊은 채 책을 보다 보니 어느새 저녁을 먹어야 할 시간이 가까워져 있었다.

"말도… 안 돼."

도저히 믿기지가 않았다. 그렇다고 다시 책에 손을 뻗을 용기도 나지 않았다.

마치 마공서처럼 느껴졌다. 한번 손에 책을 집으면 결코 놓을 수 없는 마력이 담겨 있는 책.

평범한 일상생활을 영위할 수 없을 정도였다.

신지로는 다 읽은 '떨어진 달'을 내려놓고, 별책 부록으로 받은 '개일론'을 펼쳐 들었다.

책의 첫 구절부터가 대단히 인상적이었다.

〈후쿠시마 원전 사고로 유명을 달리하신 분들께 이 책을 바칩니다.)

단지 그걸로 끝이었다면 그저 사고와 관련된 책들 중 하나
였을 거라 생각했을 것이다.

사고 이후 많은 책들이 시중에 출판되어 비슷한 문제들을
이미 수도 없이 지적했다. 그것들의 재탕에 불과할 것이라 생
각했다.

하지만 다음 구절이 그 생각을 바꾸게 만들었다.

〈이 책의 수익금 전액을 아직도 방사능 피해로 고통받고 있
는 분들께 바치겠습니다.〉

수익을 전부 포기하겠다는 말.

신지로로서는 전혀 이해가 가지 않는 글귀였다.

"미친놈인가. 책 팔아서 얼마나 남는다고 그걸 또 기부를
해."

신지로가 책의 또 한 페이지를 넘겼다.

그리고 또다시 네 시간이 지나가 버렸다.

*   *   *

별책 부록으로 들어 있던 '개일론'까지 정신없이 읽고 난 신지로는 두어 번 눈을 깜박였다.

"뭐야, 벌써 밤이야?"

창밖을 보니 어둠이 짙게 내려와 있었다. 시계를 확인해 보니 저녁 시간이 한참 지나 있었다. 또다시 타임 워프를 해버렸다.

배에서 들리는 꼬르륵 소리에 허겁지겁 밥을 차려 먹고 3ch 게시판에 들어가 보니 역시나, 방금 자신이 본 책에 대한 이야기로 갑론을박이 한창이었다.

—이거 완전 타임워프 아니냐? 앉아서 책 본다고 생각했는데 4시간 지나감.

글을 보던 신지로도 열렬히 고개를 끄덕였다. 그러다 자신의 행동이 이상함을 깨닫고는 다시 도리질 쳤다.

"어디서 헛소리를!"

그러고는 이내 키보드 위에 손을 올렸다. 이대로라면 '떨어진 달'에 대한 찬양 글이 금세 3ch 출판 카테고리를 점령할 것 같았다.

—타임 워프가 아니라 지옥 워프다. 지루함으로 떠나는 지옥……

여기까지 썼다가 지우기를 몇 차례.

양심의 문제가 아니라 스멀거리며 피어오르는 팬심이 문제였다.

"에라, 모르겠다."

어쩌면 자신의 정체성과 관련된 문제였다. 신지로는 글을 남기지 말라는 내면의 목소리를 꿋꿋이 이겨내고 글을 올렸다.

—읽다가 지루해서 삼분의 일도 못 보고 잤다.

—일단 처음 시작부터 문제가 있음.

—문장의 시작은 책의 전체 내용을 관통하도록 짧고 간결하게 써야 하는 것이 원칙임에도 불구하고, 어지러운 묘사로 독자를 혼란스럽게 만든다.

—두 번째는……

신지로는 그저 생각나는 대로 막 써재끼기 시작했다. 비판이 아닌 비난을 위해 올리는 글에 논리 따위는 필요 없었다.

"2권이 어디 올라와 있을 텐데……"

글을 올리고 나서는 혹시나 '떨어진 달' 2권 소식을 살펴보기 위해 인터넷을 뒤졌다.

이미 뛰어난 인터넷의 용자들이 한국에서 출판된 2권에, '소설닷컴'이라는 사이트에 올라오는 다음 이야기들을 일본어로 불법 번역해 올린 글이 속속 올라오고 있었다.

그렇게 글을 읽다 보니 어느새 자정이 지나고, 새벽녘이 되어야 잠들을 수 있었다.

신지로는 점심쯤 잠에서 깨어났다.

일어나자마자 한 일은 핸드폰을 보는 일.

핸드폰을 확인하자마자 이게 무슨 일인가 싶어 정신이 번쩍 들었다.

3ch 앱 오른쪽 상단에 표시되는 알람 개수가 '999+'. 알람 표시를 해줄 내용이 천 개를 넘었다는 뜻이었다.

자신이 지금껏 올렸던 어떤 글도 하루 만에 이 정도의 반응을 얻지는 못했다.

무슨 일인가 싶어 들어가 보니 어젯밤 자신이 남긴 글에 수천 개의 댓글이 달려 있었다.

한 사람이 단 것이 아니라, 수많은 사용자들이 저마다 한마디씩 남긴 댓글.

—'글. 알. 못'이 여기 있었네.

—재미가 없다니, '떨어진 달'의 또 다른 말이 타임 워프인거 모르냐?

—너 같은 놈 때문에 '떨어진 달' 2권은 일본어판으로 출판 안 하신다잖아.

—DQN.

—DQN.

—DQN.

—DQN.

—DQN.

—2권 출판 안 하게 만든 글 성지순례 왔습니다.

'양아치' 또는 '무개념'으로 통하는 은어가 도배되다시피 올라와 있었다. 개중에는 '신지로'로 하여금 눈을 의심케 만드는 글들도 간혹 눈에 띄었다.

'2권 출판을 안 해?'

말 그대로의 뜻은 이해가 갔지만 현실 세계에서 무슨 일이 벌어지고 있는지 이해하질 못했다.

*　　　　*　　　　*

지금 상황과 딱 맞는 말은 하나밖에 생각나질 않았다.

일신우일신.

책은 백만 권이 팔려 나갔음에도 그 기세는 전혀 줄어들 기미가 보이지 않았다.

"투자 비용은 확실하게 뽑겠네요."

우민의 말에 손석민이 꿀 먹은 벙어리가 되어 버렸다. 황당하다 못해 뒤통수를 잡고 쓰러지고 싶은 심정이었다.

이제 곧 이백만 권쯤 판매량을 기록하려고 할 때 우민은 일본어로 SNS에 글을 올려 버렸다.

—죄송하게도 '떨어진 달' 2권은 일본에 출판할 수 없게 되었습니다.

그러면서 캡처한 글들.

'사이토 신지로'가 인터넷에 올린 글을 비롯해서, 다른 혐한 작가들이 우민을 비롯한 한국문학을 비하하는 글들을 함께 올렸다.

—미개한 한국문학이라… 참으로 참담한 심정을 금할 수가 없습니다. 앞으로 더 노력하여 이분들께도 인정받을 수 있는 글을 쓸 수 있을 때까지 일본 출간은 미룰 생각입니다.

—아, 그리고 '소설닷컴'에 최신 글이 올라온다는 사실을 알고 유저분들이 불법 번역하여 글을 올리고 있다는 정황을 포착, 전문가와 상의하여 법적 검토를 진행 중입니다.

곧 내용 증명이 날아갈 겁니다.

"2, 2권을 내야 비용을 뽑지. 정말 책 안 낼 생각이야?"

"비용이야 이미 충분히 뽑았잖아요. 그리고 합의금으로도 두둑이 뽑아낼 생각입니다."

"그래서 다음 권은?"

"여론이 적당히 무르익었을 때?"

능글맞게 말하는 우민을 보며 손석민은 한 단어를 떠올릴 수밖에 없었다.

정치인.

우민의 폭탄과도 같은 선언에 W 출판사 일본 지사는 전화기에 불이 났고, 그 여파는 한국에까지 밀려왔다.

'이거 직원 인센티브를 확실하게 줘야겠어. 그리고 내 인센도……'

손석민은 우민의 뒤치다꺼리를 하느라 고생하고 있을 직원들을 생각하며 눈물지었다. 이내 자신의 핸드폰도 불이 난 것처럼 울리기 시작했고, 체념한 얼굴로 작가 그룹 사무실을 나와 출판사 사무실로 걸음을 옮겼다.

제2장

그의 영향력 I

마진위는 아침부터 비서실에서 가지고 온 뉴스를 보며 호탕한 웃음을 터뜨렸다.

"와하하, 하여간 이우민 이놈 참 걸물이야. 걸물."

비서가 가지고 온 기사에는 일본에서 우민이 어떤 일을 벌이고 있는지 상세하게 나와 있었다.

〈이우민 작가. 신작 '떨어진 달' 후속 권 일본 출판 보이콧〉
〈이우민 작가. 후쿠시마 원전 피해자 일억 엔 기부〉
〈이우민 작가. 불법 번역본과의 전쟁 선포. 일본 내 퍼져 있

"아주 한바탕 뒤집어놓았구나."

자신이 사람 보는 눈은 틀리지 않았다. 우민이 쓴 글은 일본에서도 통했다.

후속 권을 내지 않겠다는 우민의 선언에 대중들의 반응은 냉소, 냉담이 아니라 오히려 반대였다.

제발 책을 출판해 달라고 매달리는 사람이 부지기수였다.

"그러면 우리 쪽에서도 명분을 하나 만들어줘 볼까."

우민이 역으로 했던 제안.

편당 100억. 앞뒤로 붙는 광고 수입의 40%.

이야기의 오역을 막기 위해 전 세계로 나가는 자신의 책을 직접 번역하는 우민이다.

그런 우민에게 일을 주면 책 출판이 밀리는 건 명확한 사실.

마진위가 책상 위에 놓여 있는 회사 전화기의 단축 번호를 눌렀다.

"저번에 말했던 손익계산 완료됐나?"

대답은 즉각 들려왔다.

—네. 완료했습니다.

"그래, 들고 들어와 봐. 추진할 때가 된 것 같다."

*　　　　　*　　　　　*

　마진위의 연락을 받은 시우란은 더할 나위 없이 밝은 얼굴
이 되어 작가 사무실 내에 위치한 우민의 방문을 두드렸다.

　"은공님."

　몇 번을 불러도 아무런 대답이 없었다. 문을 함부로 열지도
못하고, 앞에서 머뭇거리고만 있었다. 지켜보던 카타리나가 자
리에서 일어나 벌컥 문을 열어젖혔다.

　"야, 뭘 하기에 노크해도 반응이 없어."

　방 안에서 우민은 컴퓨터 앞에 앉아 미친 듯이 키보드를
두드리고 있었다. 고요함 속에서 우민이 키보드를 두드리는
소리밖에 들리지 않았다.

　"하여간 이 자식은 한 번 글쓰기 시작하면 오감이 차단되
는 거야, 뭐야."

　코앞까지 다가간 카타리나가 모니터 쪽으로 얼굴을 불쑥
들이밀었다.

　"워!"

　이런 적이 한두 번이 아니었는지 우민의 반응은 태연하기만
했다.

　"뭐냐. 또 무슨 일이야?"

"시우란이 할 말이 있는지 네 방문 앞을 계속 서성거리더라. 글 쓴다고 귀 막고 살지 말고, 반응 좀 보여, 반응 좀."

카타리나의 잔소리에 우민이 귀를 막았다. 둘이 티격태격하는 동안에도 시우란은 한마디 뻥긋하지 못했다. 도저히 뚫고 들어갈 틈이 보이질 않았다.

우민이 시우란에게 몸을 돌리며 물었다.

"왜? 무슨 일 있어?"

"삼촌에게서 연락이 왔어요. 은공님의 제안을 수락하겠답니다."

말을 하면서도 시우란은 자괴감이 밀려오는 걸 견뎌야 했다. 자신은 이렇게 일이 있어야만 말을 걸 수 있지만 카타리나는 달랐다.

아무런 일이 없어도, 꼭 할 말이 없어도 스스럼없이 말을 걸 수 있고 장난을 칠 수 있는 사이였다.

'그래도 내가 아직 어리니까. 가능성이 있어.'

시우란은 자그맣게 주먹을 말아 쥐며 전의를 다졌다.

"이제야? 너무 늦었는걸. 그때와는 조건이 또 달라졌어."

잠시 딴생각을 하던 시우란이 놀라 반문했다.

"…네?"

"우민이라는 주식이 지금 이 순간에도 올라가고 있어. 그때와는 가격이 다르다는 말이야. 그리고 너도 잘 알다시피 '무한록'이 공전의 히트를 기록하고 있잖아. 이미 내 글이 중국에 통한다는 게 증명된 상황이니 가격도 당연히 더 올라가야 하지 않겠어?"

"그, 그럼 어, 얼마에……."

"그래도 우리는 아는 사이니까. 제시한 조건의 두 배면 생각해 보지. 그 일 아니더라도, 나 무지 바쁘다."

우민이 손가락으로 모니터를 가리켰다. '떨어진 달'의 영화 대본의 막바지 작업이 한창이었다.

대본이 완성되면 영화 촬영이 본격적으로 진행된다. 그러면 눈코 뜰 새 없이 바빠질 것이다.

우민이 말한 액수에 놀란 시우란이 말을 더듬었다.

"아, 알겠어요. 일단 한번 말해볼게요."

옆에서 지켜보던 카타리나가 한마디 툭 던졌다.

"저거 완전 도둑놈이네. 2배면 얼마야……."

머릿속에 굴러다니는 숫자에 카타리나가 혀를 내둘렀다.

*　　　　*　　　　*

아침부터 날아온 내용증명에 신지로는 정신을 차릴 수가 없었다.

"뭐, 뭐야. 이게."

집에 도착한 내용증명 우편물. 거기에 적혀 있는 내용이 가관이었다.

(저작권법 및 명예훼손 위반 사항을 아래와 같이 고지함.)

그 아래에는 자신이 사용하고 있는 것으로 추정되는 IP에서부터, 지금까지 인터넷상에서 했던 일들이 상세하게 기록되어 있었다.

〈떨어진 달 2권 불법 번역본 다운로드〉
〈떨어진 달 소설닷컴. 50~150화 불법 번역본 다운로드〉
〈3ch. 게시글 번호 344441. 이우민 작가 비하〉
〈3ch. 게시글 번호 411123. 이우민 작가 비하〉

어느 것 하나 자신이 반박할 수 있는 내용이 없었다.
"벼, 변호사. 변호사부터 구해야겠어."
정신없이 인터넷을 뒤져 변호사 사무실 전화번호를 찾은 다음, 전화를 연결하던 신지로가 불현듯 깨달음이 왔는지 핸드폰을 내려놓았다.
"만약… 이 일이 새어나가기라도 하면……."
끔찍했다. 글을 쓰는 작가가 다른 작가의 글을 불법 다운로드해서 보다니. 이건 다툼의 여지가 없었다. 잘못 삐끗했다가는 이대로 낭떠러지행이다.

조용하게, 아주 은밀하게 일을 처리해 줄 사람이 필요했다.

"믿을 만한 사람이 필요해."

지금 가장 믿을 만한 사람은 한 사람밖에 생각나질 않았다. 그러나 쉽사리 전화 연결이 되질 않았다.

같은 시각.

가토 쇼타는 무라미 하루다 집 앞에 있었다.

애타게 초인종을 누르고 기다려 보았지만 아무런 반응도 없었다. 집 앞까지는 가보지도 못하고, 로비에서 기다리는 중이었다.

"젠장, 젠장, 젠장!"

스스로가 원망스러워 견딜 수가 없었다.

처음 자신이 신지로와의 일을 추진했을 때 몇몇 사람들이 말리기도 했다.

미츠에서 그런 책을 내서는 안 된다.

그러나 무시했다.

'이건 무조건 팔린다'라는 자신의 감을 믿었다. 그리고 그 감은 통했다. 책은 백만 권 이상 팔려 나가며 회사에 막대한 이익을 안겨주었다.

전형적인 소탐대실.

그 대가로 '무라미 하루다'라는 미츠에의 상징을 잃었다.

"설마 그놈이랑 인연이 있을 줄이야. 내가 어떻게 알겠냐
고……."

'떨어진 달'을 홍보하는 TV CF를 자신도 두 눈 똑똑히 보았
다. 그 순간 깨달았다.

둘 사이에 모종의 관계가 있었고, 그건 미츠에와의 관계보
다도 소중한 것이다.

자신이 우민이라는 한국 작가를 만나 당한, 수모라 생각했
던 일이 독이 되어 돌아온 격이었다. 가토 쇼타의 분노는 우민
에게로 향했다.

"이 조센징 놈이 어떻게 작가님을 꼬드겼는지는 모르겠지
만… 두고 보자."

으득.

이를 악물었다. 모든 일의 원흉. 이우민.

그의 책이 현재 W 출판사라는 곳에서 출판되고 있다.

업계에 들리는 소문에 의하면 '무라미 하루다' 작가의 신작
은 W 출판사라는 곳이었다.

그때의 기분은 이루 말할 수 없을 정도로 참담했다.

당했다.

당했다.

오직 '당했다'라는 생각밖에 들지 않았다. 도대체 어떤 조건을 내걸었기에 CF를 찍고, 신작을 계약한다는 말인가.

가토 쇼타는 간절한 염원을 담아 다시 한번 통화 버튼을 눌렀다.

그러나 연결되지 않았다. 자신이 '미츠에'에서 편집장으로 일할 수 있는 시간도 일 분, 일 초씩 줄어들고 있었다.

*   *   *

"손해입니다."

"그 금액이면 차라리 안 하는 게 낫습니다."

"정말 잘해봐야 본전 챙기는 수준일 겁니다. '달려라 퀘스트'보다 시청자가 많아야 약간의 이문을 남기는 정도입니다."

회의실에 앉아 있는 '하이두'의 임원들이 우려를 표했다.

대부분의 의견이 대동소이했다.

손해.

마진위는 그저 눈을 감은 채 임원진들과 실무자들의 난상토론을 듣고 있을 뿐이었다.

그때 한 임원이 입을 열었다.

"저희도 다른 방송사처럼 그저 포맷을 가져다 써도 되지 않을까요? 게임의 룰에 저작권을 들이대기 힘든 것처럼 이것도 마찬가지니까……."

탕.

그 순간 마진위가 손바닥으로 책상을 내려쳤다. 커다란 울림에 일순 정적이 찾아왔다.

"앞으로 내 귀에 이런 이야기가 또 들리면 그 순간 옷 벗고 여기서 나가야 한다는 점 다들 명심하시기 바랍니다."

마진위가 가이드라인을 제시하자 또다시 갑론을박이 진행되었다. 찬반이라기보다는 반대에 대한 새로운 근거가 추가되는 꼴이었다.

그렇게 회의가 공통의 의견을 모아갈 때쯤 마진위가 입을 열었다.

"여러분 모두가 간과하고 있는 한 가지 사실이 있습니다."

마진위가 입을 열자 사위가 조용해졌다.

"그의 작품이 성공하는 것은 이미 기정사실, 그는 무한록이라는 작품으로 스스로의 능력을 증명해 보였습니다."

이제는 전부가 꿀 먹은 벙어리가 되어버렸다. 입을 오물거리기는 했지만 한마디 말도 하지 못했다.

"조회 수 1억 돌파, 하이두 서버 트래픽 비중 5위, 이우민 검색어 순위 2위, 관련 상품 판매 매출 100억. 무한록을 연재한 지 겨우 세 달도 되지 않은 시점에 벌어지고 있는 일입니다. 거기에 게임, 영화, 만화에서 오는 요청까지……."

마진위가 잠시 말을 쉬었다.

"마음 같아서는 이우민 작가의 다른 책들을 묶어서 팔고 싶었으나 무한록을 제외하고는 전부 책이 절판되어 있었습니다. 그리고 어떤 일이 벌어졌을까요? 절판된 종이책의 가격 웃돈을 주고 거래되고 있습니다."

긴 이야기도 끝을 향해가고 있었다.

"이우민이라는 작가의 잠재력은 불확실한 가치가 아니라, 적금 금리보다 높은 이율을 자랑하는 현재 소득이라는 점을 명심해 주시기 바랍니다. 그리고 제가 이렇게까지 길게 이야기하는 이유, 다들 아시리라 믿습니다."

그 길로 마진위가 자리를 떴다. 실무자들은 180도 달라진 의견을 내며 어떻게 이익을 극대화시킬 것인지 논하기 시작했다.

*　　　　*　　　　*

오늘도 어김없이 그의 아파트를 찾았다. 하지만 여전히 연락은 되지 않았다.

제발.

딱 한 번만 만나면 그의 마음을 돌릴 수 있다. 자신 있었다.

하지만 왜 기회조차 주지 않는 것일까. 일순 원망스러운 마음이 일었다.

쇼타는 목이 꺾이도록 도리질 쳤다. 아니다. 그의 탓이 아니다. 이건 모두 간교한 그 한국 놈 탓이다.

젠장.

이래서 예로부터 조센징은 믿지 말라는 선인들의 교훈이 있었던 건가.

드륵.

드르륵.

주머니에 넣어두었던 핸드폰이 울렸다. 확인해 보니 편집부에서 온 연락이었다. 받지 않을 수가 없었다.

"뭐야, 내가 별일 없으면 전화하지 말라고 했잖아."

쇼타는 전화를 받자마자 버럭 화를 낼 수밖에 없었다. 잔뜩 쌓인 짜증을 누군가에게는 풀어야 했다.

―편집장님, 뉴스 보셨습니까?

"왜, 내가 꼭 봐야 돼?"

―네. 그 일 때문에 사장님이 들어오시랍니다.

사장이라는 말에 쇼타의 목소리가 누그러졌다.

"무, 무슨 뉴스인데 들어오래?"

―링크 보내 드리겠습니다.

어쩐지 딱딱하게 느껴지던 부하 직원이 전화를 끊자마자 문자를 하나 보내왔다.

클릭하여 들어가 본 쇼타는 입을 다물지 못했다.

<대표 혐한 작가 사이토 신지로. '떨어진 달' 불법 다운로드로 고소>

미츠에 출판사에서 출간한 '개한론'으로 일약 스타덤에 오른 작가 '사이토 신지로'. 그가 저작권법 위반으로 고소당했다. 본지가 확인한 바에 따르면 자신이 그토록 욕하던 한국 작가의 책을 불법으로 다운로드하여 읽은 것으로 확인되었다.

그 뒤는 읽어볼 필요도 없었다. 이런 더러운 일에 미츠에의 이름이 언급되었다는 것만으로도 해직의 사유는 충분했다.

*　　　　*　　　　*

내용증명은 사이토 신지로에게만 보내진 게 아니었다.

"오늘부로 1,437명이다. 그래도 계속할 생각이냐."

"실리콘밸리에서 보내준 리스트에 따르면 아직 10분의 1에게도 보내지 않았어요."

"만 명이 넘는다. 분명 이슈가 될 거야. 그게 아주 안 좋은 쪽으로 작용할지도 몰라. 이를테면 합의금 장사나 한다는 소리를 듣는다거나."

손석민의 걱정에 우민이 웃음을 흘렸다.

"어차피 그 돈이 다시 일본으로 기부되는데도 저를 욕한다는 말입니까?"

우민의 반문에 손석민이 탄성을 흘렸다.

"너, 이 자식 너……."

"아마, 더 이슈가 되고 더 많이 팔릴 겁니다. 아시다시피……."

"네 글을 한 번 보기만 하면 눈을 떼지 못하니까?"

"그렇죠. 하하."

여유롭게 웃는 모습이 얄밉게 느껴졌지만, 손석민도 이제는 알고 있다.

경이적인 재능에 대한 범인의 질투.

그것에 불과했다.

*   *   *

황급히 사무실로 돌아간 가토 쇼타는 바로 사장실로 직행했다. 문을 열고 들어가자마자 사장의 호통 소리를 들어야 했다.

"자네, 일을 이따위로 처리하고 어딜 쏘다니는 게야!"

사장의 불호령에 쇼타의 목이 잔뜩 움츠러들었다.

"……"

아무 말도 하지 못하고 자리에 서 있자, 사장이 신문을 툭 던졌다.

"오늘 자 신문이네. 기사 제목 보이나?"

<작가, 그리고 출판사의 윤리 의식 이대로 괜찮은가?>

'떨어진 달'의 '이우민 작가'가 대대적인 고소를 진행하고 있다. 바로 불법적으로 이우민 작가의 책을 공유한 독자들에 대한 것인데, 독자들의 반론도 만만치 않다.

─2권 출판을 안 해주니 어쩔 수가 없다.

─보고 싶은데 방법이 없으니 이렇게라도 해야 하지 않나.

─마약이라고 표현하고 싶다. 하루 종일 머릿속에서 이야기를 보고 싶다는 생각밖에 들질 않았다. 정말 어쩔 수 없이 불법 번역본에 손댈 수밖에 없었다.

바로 이우민 작가가 2권 번역본을 출간하지 않기로 결정한 것. 이우민 작가는 그 발단이 그에게 수치심을 느끼게 만든 출판사, 그리고 작가에게 있다고 한 인터뷰에서 밝혔다.

본지 취재 결과 출판사는 '미츠에', 그리고 작가의 이름은 '사이토 신지로'로 확인되었다.

정확한 내용은…….

쇼타는 두 눈을 동그랗게 뜨고, 신문 내용을 빠르게 훑었다.

대부분의 내용은 사실이었다. 이우민 작가가 계약을 위해 출판사를 찾아왔고, 서로 얼굴을 붉힌 채 헤어졌다.

'그런데 뭐? 출판사에서 상상도 하기 힘든 모욕을 받았어? 내, 내가 언제, 내가 언제!'

속으로 비명을 지르던 쇼타가 정신을 차리고 단어를 정제했다.

"거, 거짓말입니다. 결단코 모욕을 준 일이 없습니다."

"그럼 사이토 신지로 작가도 자네가 관리하는 게 아니란 말인가?"

"그, 그거야……."

"지금 그 친구랑 출판사가 엮여서 마치 불법의 온상인 양 도매급으로 취급받고 있단 말이다!"

쇼타는 억울함에 정신을 차릴 수가 없었다. 자신이 신지로를 통해 돈을 벌어올 때는 칭찬 일색이더니 180도 바뀐 이 태도는 뭐란 말인가.

"회장님께는 자네가 직접 보고하게. 여러 가지 일로 자넬 보고 싶어 하니까."

"사, 사장님."

애타는 부름에도 사장은 냉랭하기만 했다.

"따라와."

미츠에 출판사가 자리한 미츠에 빌딩은 도쿄 한복판 평당 가격이 상상하기도 힘들 정도로 높은 곳에 위치해 있었다. 그곳의 10층에 회장실이 있었다.

문을 열고 들어가자 반백의 머리에도 불구하고 넓은 어깨, 탄탄해 보이는 하체로 그 나이를 짐작할 수 없는 남자가 서 있었다.

싸구려 슈트를 입어도 명품처럼 보이게 만드는 몸을 지니고 있는 미츠에 회장이 입을 열었다.

"얼마 전 하루다가 내게 찾아왔어. 새 둥지를 찾아 떠나고 싶다고 하더군."

소파에 앉아 있는 쇼타의 두 다리가 바르르 떨리기 시작했다.

"반세기를 함께했으니 그럴 수도 있다고 생각했어. 모름지기 작가란 새로운 환경에 적응하면서 전에는 볼 수 없었던 새로운 형태의 글을 쓰는 사람이라고 생각하기 때문이지."

그 자리에서 회장 말고는 누구도 입을 열지 못했다.

"그런데 말이야."

사장은 알고 있었다. '그런데 말이야'가 회장의 입에서 나온 뒤에 일어날 일을.

"이 빌딩의 주춧돌을 세운 하루다가 떠난 이유가 자네 때문이라는 말을 들었어."

회장의 안광이 번뜩였다. 쇼타는 감히 고개도 들지 못한 채 앉아 있었다.

"말해보게."

허락이 떨어지자마자 쇼타가 빠르게 입을 놀렸다. 지금까지 있었던 일을 한 치의 오차도 없이 상세히 고했다.

잠시간의 시간이 흐른 뒤.

회장이 입을 열었다.

"자네를 해고하는 걸로 끝내는 걸 다행이라 생각하게."

자리에서 벌떡 일어난 쇼타가 대뜸 무릎부터 꿇었다.

"회장님!"

"지금까지 쌓은 출판사의 명예가 흔들리고 있어. 자네의 말이 사실이라 해도 대중들이 그렇게 믿지 않는다면 무슨 소용인가?"

쇼타는 자리에서 일어나지 않았다. 아들이 대학생에 딸이 고등학생이다. 직장이 있는 도쿄에 집을 구하기 위해 받은 대출금도 만만치 않았다.

여기를 나가면 살아갈 길이 막막했다.

"한 번만, 한 번만 기회를 주십시오. 모두 바로잡겠습니다.

제가 지금까지 회사를 위해 얼마나 노력해 왔는지 아시지 않습니까."

정말 백방으로 뛰어다녔다. 미츠에의 편집장 자리에 올라서기 위해 밤낮 없이 일만 했다. 가정은 뒷전이었고, 언제나 일이 최우선이었다.

그랬는데… 그랬는데!

"그럼 하나 물어보지. '사이토 신지로'라는 작가는 발굴했으면서, 이우민이라는 작가는 왜 알아보지 못한 건가."

억울함을 토로하던 쇼타가 일순 꿀 먹은 벙어리가 되어버렸다. 회장이 다시 천천히 입을 열었다.

"회사에 많은 돈을 벌어다 준 점은 충분히 알고 있네. 그러면 이우민 작가를! 잡았어야지. 험한에만 집착하다 보니 우물 밖 세상을 보지 못한 거 아닌가? 하루다가 떠난 것도 자네의 그 편협함 때문이야."

"……."

"그리고 하루다를 놓친 손해가 지금껏 자네가 회사에 벌어다 준 돈보다 많다는 사실을 아직도 모르나? 퇴직금은 적당히 챙겨주겠네."

그 말을 끝으로 회장이 손을 흔들며 축객령을 내렸다. 쇼타는 힘없이 사장의 손에 끌려 나올 수밖에 없었다.

                    *   *   *

　3,521명.

　우민이 내용증명을 보낸 숫자는 시간이 갈수록 폭발적으로 늘어났다. 한국에서 이런 짓을 벌였다면 아마 합의금 장사나 하는 장사꾼 소리를 들었겠지만, 일본인을 대상으로 하자 세상에 둘도 없는 애국자가 되어 있었다.

　하지만 그건 사람들의 착각에 불과했다.

　"그, 그러니까… 한국에서도 내용증명을 보내자는… 말이지?"

　손석민의 목소리가 떨려왔다. 현재 일본에서 삼천 명이 넘는 숫자에게 내용증명을 보냈다. 실리콘밸리에서 근무하는 마이클을 통해 수집한 아이피 정보만 만 개가 넘는다.

　이 기세대로라면 만 명에게 전부 고소를 진행하겠다는 의지가 보였다. 그런데 우민이 그 대상을 확장하자 말하고 있었다.

　"그렇지 않으면 분명 차별이라는 말이 나올 겁니다. 오히려 역풍을 맞을 수도 있어요."

　손석민이 다시 한번 확인했다.

　"너, 지금 이 일로 인터넷상에서 애국자 소리 듣고 있는 건 알고 있는 거… 지?"

　"그전에도 저는 애국자 소리를 들었습니다만."

　"어차피 대부분 무죄 판결이 나올 거야. IP만으로 범인을 특정하기는 어렵고, 그 사람이 전체 파일이 아닌 파일을 구성하는 일부를 공유했다면 처벌의 대상이 되지 않을 테니까."

손석민은 출판사를 운영하며 수년간 저작권 관련된 소송, 업무를 진행해 보았다.

대부분의 단순 다운로더의 경우 무죄. 공유를 한 경우에도 극히 일부에 한해 유죄 선고를 받았다.

그렇게 유죄 선고를 받았다고 해도, 손해 배상액은 말할 수 없을 정도로 미약했다.

그래서 나온 방법이 일명 합의금 장사였다. 이런 경험이 있는 손석민이었기에 우민이 말하는 소송에 부정적일 수밖에 없었다.

"그래도 상관없습니다. 마이클이 보내온 목록 보셨어요? 한국이 더합니다. 어떻게 같은 나라 작가 작품을 이토록 불법 다운로드해서 볼 수가 있는지… 이문철, 그 작가를 욕할 게 아니었어요."

손석민도 마이클이 보내온 목록을 확인했다. 불법으로 다운로드한 사람만 5만 명이 넘었다. 이것도 토렌트를 통해 한국에서 처벌이 가능한 대상만을 추린 게 이 정도였다. 자신이 생각해도 많긴 많았다.

"일본은 저작권법이 강력하니까… 그만큼 사람이 적겠지."

"애국자라 부르면서 정작 작품은 불법으로 다운로드받아

보다니, 정말 아이러니하다고 생각하지 않으세요? 마음 같아서는 토렌트를 사용한 유저들 말고 웹하드를 이용해 다운로드한 사람들도 전부 처넣고 싶어요."

오랜만에 감정을 드러내며 말하는 우민을 보며 손석민은 아무 말도 하지 못했다.

"정치인들에게 부탁해서 저작권법을 강화시켜 달라고 하면 될 것 같기도 한데⋯ 모범 납세자상 받을 때 대통령님께서도 언제 시간 되면 한번 보고 싶다고 말하셨어요."

손석민은 조용히 우민의 말을 듣기만 했다. 언제부터일까. 우민이 말을 하면 대꾸를 할 수가 없었다. 우민의 말을 듣다 보면 자신이 꼰대가 되었다는 느낌을 지워 버릴 수가 없었다.

굳어진 손석민의 표정을 보며 우민이 천천히 입을 열었다.

"혹시 이상한 생각 하시는 건 아니죠? 뭐, 제 곁에 더 이상 있어도 도움이 안 된다거나, 제 곁에 새로운 사람이 필요하다거나 뭐, 그런 생각."

손석민의 머릿속에 '족집게'라는 단어가 떠올랐다.

"그런 사람 필요 없습니다. 저는 이렇게 다른 의견을 내주는 게 좋아요. 뭐, 결국 제 의견대로 가기는 하지만⋯ 뭐랄까. 저는 가끔 사회 통념의 기준이 어느 정도인지 잊어버릴 때가 있어요. 그럴 때마다 아저씨의 말을 떠올립니다."

우민의 말에 굳어 있던 손석민의 표정이 서서히 풀리기 시작했다. 줄여서 말하자면 자신의 의견을 참고하고 있다는 뜻이었다.

"저도 사회의 구성원 중 하나예요. 이곳에서 완전히 벗어난 삶을 살고 싶지는 않아요."

우민의 설명이 이어질수록 손석민의 표정은 차츰 평소로 돌아왔다. 그렇게 손석민의 기분이 다 풀어질 때쯤 우민이 말했다.

"그런 의미에서 정치인들에게 줄을 대지는 않기로 했습니다. 마이클이 보내준 5만 명 중에서 업, 다운 건수가 많은 3만 명 정도에게만 우선 보내려고요."

"휴우……."

손석민은 한숨을 쉴 수밖에 없었다. 3만 명에게 내용증명을 보내려면 꽤나 많은 시간과 비용이 필요하다. 그뿐만이 아니다. 앞으로 언론과 대중들이 어떤 시선을 보낼지가 더 큰 걱정이었다.

*　　　　*　　　　*

천 명.

단 하루 만에 우민이 내용증명을 보낸 사람들의 숫자였다. 그 내용만으로도 이슈화가 되기에 충분했지만, 언론을 통해 흘러나온 인터뷰 내용은 한층 더 사람들은 혼란으로 몰아넣었다.

　—내일은 이천 명에게 내용증명이 발송될 겁니다. 그다음은 삼천, 다음은 사천, 다음은 오천.
　—이 정도면 얼마나 많은 사람들이 제 소설을 불법 공유하고 있는지 짐작이 가십니까?
　—지금까지 파악된 것만 오만 명입니다.
　—제가 일본에서 파악한 것에 다섯 배였습니다.

　경악스러운 숫자였다.

　—저는 이런 숫자에 굴하지 않을 겁니다.
　—우리나라에서 불법 다운로드가 근절될 때까지 싸울 겁니다.
　—그러니 여러분들도 응원해 주시길 바랍니다.

　그리고 총 2만 명이 넘는 사람들에게 저작권법 위반에 관한 내용증명이 발송되었다.

＊　　　　＊　　　　＊

일본 도쿄에 위치한 대형 서점 카쿠노.

한 여자가 '떨어진 달'을 들고 계산대 앞에 서 있었다.

'하필이면 고양이가 책을 할퀼 게 뭐람. 소장본을 다시 사야 하잖아.'

돈이 아깝다는 생각보다 고양이의 날카로운 발톱에 해져 버린 책이 더 가슴 아팠다. 시간이 지나 차례를 기다리던 여자의 순서가 되었고, 계산을 위해 책을 내밀었다.

삐빅.

"4천 엔입니다."

점원의 말에 여자가 카드를 내밀고 계산이 끝나자 갑자기 여자의 주변으로 서점 직원들이 몰려들었다.

"하나!"

"둘!"

"셋!"

"축하드립니다! 고객님께서는 6,000,000번째로 이우민 작가님의 '떨어진 달'을 구매해 주셨습니다!"

서점에 팡파르가 울리며, 모두가 어리둥절해 있는 여자에게 축하 인사를 건넸다.

"무, 무슨 말씀이신지?"

여자의 질문에 가장 상급자로 보이는 직원이 설명했다.

"고객님께서는 저희 카쿠노 서점과 W 출판사의 콜라보 이벤트인 '6백만 번째 구매 고객을 찾아라!'에 선정되셨습니다. 당첨 선물은 이우민 작가님이 직접 건네주시겠습니다. 작가님, 나와주세요."

순간 여자의 두 눈이 미친 듯이 요동쳤다.

세간에 흘러나오는 우민에 관한 말들은 자신에게 아무 의미 없었다. 읽기만 해도 빠져드는 놀라운 글솜씨, 그것보다 뛰어난 저 '얼굴'. 이우민 작가는 자신의 신이요, 우상이요, 전부였다.

"자, 작가님!"

"하하, 고맙습니다. 이벤트 당첨 선물은 직접 사인한 책과 일본에서 발간되지 않은 '떨어진 달' 2권. 제가 직접 번역해 손글씨로 한 자, 한 자 작성했습니다."

극한의 감동을 견디기가 힘들었는지 여자의 눈에서 또르륵 눈물이 흘러내렸다.

"가, 감사합니다. 작가님."

"하하, 그러면 기념사진 한 장 찍을까요?"

여자가 조심스럽게 입을 열었다.

"그, 그 전에 포옹 한 번 할 수 있을까요?"

"물론입니다."

우민이 팬을 살며시 안았다. 여자의 얼굴에 환희가 가득했다. 짧은 포옹의 시간이 끝나고 둘은 카메라를 향해 브이 자를 그렸다.

"자, 치즈~"

찰칵.

일본 판매량 600만 권. 지금까지 광고, 기부 등에 쓴 돈은 비교도 되지 않을 만큼의 금액이 들어오고 있었다.

촬영이 끝나고 차에 올라타자 손석민이 말했다.

"네 예상대로다. 반응이 엄청나. 인터넷이고, 오프라인이고 아주 난리다."

"하하, 여기는 이렇게 조용한데 말이죠?"

일본인들에게 보낸 내용증명은 생각보다 조용하고, 신속하게 처리되는 중이었다.

하지만 한국에서는 달랐다. 한 번에 일만에 가까운 사람들에게 보내서일까. 각종 시사 프로에서 이 일을 더욱 자세하게 파고들며 논란에 불을 지폈다.

"정치권에서도 지속적으로 연락이 오고 있어, 저작권법에 관해서 이야기를 나누고 싶다면서 말이야."

"청와대에서 연락이 오면 그때 한번 생각해 볼게요."

"청와대… 말이지……."

청와대.

생각지도 못한 단어에 운전대를 잡고 있던 손석민이 침음성을 흘렸다.

"하루다 작가님 신작 출간은 언제로 잡고 있어요?"

"앞으로 일주일 뒤에 나올 거야."

"W 출판사 일본 지사를 더 공고히 만들어줄 분이니까 신경 써주세요."

"그렇지 않아도 전 직원이 매달리고 있다. 누군가 다른 일만 만들지 않으면 순조롭게 진행될 거야."

"하하, 다른 일은 이미 생긴 것 같은데……."

우민이 앞을 가리켰다. 주차장을 빠져나가는 차 앞을 수많은 팬들이 가로막고 있었다.

그들이 약속이라도 한 것처럼 핸드폰을 들더니 플레이 버튼을 눌렀다.

익숙한 음성에 많이 들어본 가사.

"저거… 네가 어릴 때 불렀던 노래 아니냐?"

"……."

당시 유민아를 모티브로 작사, 작곡했던 노래가 흘러나오고 있었다. 몇몇 팬들이 들고 있는 피켓이 우민의 눈을 아리게 만들었다.

〈일본에도 2권을 정식 출시해 주세요〉

〈일본은 당신을 사랑합니다〉

〈사랑해요! 작가님!〉

인산인해로 길이 막혀 차는 옴짝달싹하지 못했다. 운전대를 잡고 있던 손석민이 피켓에 쓰여 있는 단어들을 읽었다.

"저거, 사랑한다는 거 맞지?"

"맞는 것 같네요."

그사이 서점의 보안 요원들이 나서서 차가 지나갈 수 있는 길을 만들었다.

구름 같은 인파가 질서 정연하게 길을 만들었다. 여전히 핸드폰을 통해서는 우민의 노래가 흘러나오는 중이었다.

"우리도 도쿄돔에서 팬미팅 한번 할까? 그때 민아 씨 팬미팅도 만석이었다는데? 보자, 3만 석에 티켓 한 장당 만 엔씩 받으면… 30억. 괜찮은데?"

"도쿄 돔에서 팬미팅 나쁘지 않네요……."

우민의 목소리가 서서히 잦아들었다. 생각에 빠진 듯한 모습에 손석민은 불안감을 느꼈지만 고개를 흔들며 털어냈다.

보안 요원들이 터준 길 사이로 차는 유유히 빠져나갔다.

*　　　*　　　*

응원차 들린 W 출판사.

그 앞에 우민도 알고 있는 가토 쇼타가 기다리고 있었다. 우민이 나타나자마자 90도로 허리를 숙였다.

"스미마센!"

미츠에 사무실에서 봤을 때와는 달리 상당히 나이가 들어 보였다. 그간의 심적 고통을 능히 짐작케 했다.

50대는 훌쩍 넘어 보이는 남성이 허리를 숙인 채 들지 않자 우민도 그냥 지나치기는 힘들었다.

"이러지 마십시오."

우민이 어깨를 잡아 몸을 일으켰다. 미안하다는 말과는 달리 눈빛에는 원망이 가득했다.

"도와주십시오. 제가 모두 잘못했습니다. 모든 걸 원래대로 돌려놔 주시길 부탁드립… 니다."

씹어 삼키듯 나오는 말투에서 지금의 결정이 결코 쉽지 않았음이 느껴졌다. 그러나 지금 되돌릴 수 있는 건 아무것도 없다.

우민은 최대한 담담히 말했다. 고개 숙인 가장에게 비아냥 거리고 싶진 않았다.

"그때 사무실에서 말씀드리지 않았습니까. 제가 쓴 이상 불티나게 팔려 나갈 거라고요."

쇼타의 머릿속으로 그때의 기억이 스쳐 지나갔다. 그저 자신을 열받게 하기 위한 말이라 생각했다.

생각에 잠겨 있는 쇼타에게 우민이 말을 이었다.

"한국문학을 폄하하고, 타인의 말을 경시하신 겁니다. 많은 책에서 말하는 교훈을 잊어버리신 거라고요."

"……"

쇼타의 기억이 한참 이전을 더듬어 갔다. 아이를 낳기 전, 결혼을 하기 전, 자신이 처음 출판사에 몸담았을 그때로.

"저도 돈을 벌기 위해 글을 쓰기 시작했지만 단 한 번도, 오로지 돈이 전부인 글은 쓰지 않았습니다."

그때 자신은 어떤 마음이었나. 좋은 책을 출간하는 포부를 가지고 있지 않았었나. 우민을 향한 원망에 작지만 실금이 가는 게 느껴졌다.

"일본의 우수성은 타인을 짓밟아야만 완성되는 것입니까? 편집장님은 너무 나가셨습니다."

일본 최대 출판사 미츠에의 편집자다. 우민이 말하는 바가 무엇인지 정도는 금세 깨달을 수 있었다.

이제 허리는 들었지만 고개는 여전히 아래를 보고 있었다. 부끄러움, 지난 삶에 대한 회한, 미래에 대한 걱정이 눈시울을 적셨다.

"그래도 능력은 있다고 하루다 작가님께 들었습니다. 자녀들도 있으신데 만약 당신 때문에 미츠에를 나가게 되면 조금은 미안해질 것 같다고 하셨습니다."

쇼타가 고개를 들었다.

"아직 저는 편집장님을 잘 모릅니다. W 출판사에 편집장 자리는 내어드리기 어렵고, 대신 장급 정도는 마련할 수 있습니다. 대신 월급은 미츠에서 받던 그대로, 좋은 책을 발굴해 주시면 인센티브를 드리겠습니다."

손석민과 쇼타의 눈이 동시에 커졌다. 손석민이 우민의 옆구리를 찌르며 무언의 눈치를 주었다.

"지금까지 하루다 작가님의 책을 잘 편집해 주신 점, 그리고 비록 험한 책을 출판하셨지만 반대로 생각하면 트렌드를 읽는 눈이 있다는 뜻이기도 하니까요."

당장 다음 달 대출금이 막막한 쇼타였다. 미츠에서의 월급을 보전해 준다는 말에 다시 허리를 숙였다.

"아리가또 고자이마스!"

손석민이 눈을 질끈 감고 입술을 꽉 깨물었다.

"사장님은 여기 이분이세요. 그렇지 않아도 일손이 부족했는데 앞으로 잘 부탁드립니다."

손석민이 어색하게 웃어 보이며 손을 내밀었다.

"잘 부탁드립니다."

쇼타가 다시 허리를 숙인 채 손을 내밀며 대답했다.

"하이!"

우민이 손석민을 향해 씨익 웃어 보였다.

*   *   *

인천국제공항 출국장.

손석민이 우민의 옆에서 다시 한번 강조했다.

"이건 분명 상호 불가침 조약을 어긴 거야."

상호 불가침 조약.

서로의 영역에 침범하지 않기로 한 암묵적인 약속이었다. 우민이 출판사의 일에, 손석민은 우민의 일에 개입하지 않는 것이 주요 골자였다.

손석민이 말하고 있는 건 일본에서 가토 쇼타를 채용한 일, 그걸 빌미로 조용히 속삭였다.

"그러니까 내 말대로 출국장에 나와 있을 기자들에게 친절하게, 혹여 거친 단어로 비난의 화살이 쏘아질 과녁이 되지 않게. 무슨 말인지 알지?"

우민이 여유롭게 웃어 보였다.

"하하, 제가 언제 미움받을 짓 하는 거 보셨습니까?"

"사람 간 떨어지게 하는 경우는 많이 봤지."

"그럴 일 없을 겁니다. 있다면 문화, 예술계의 발전을 위해 하는 소신 발언 정도?"

어차피 자신이 하지 말라고 하지 않을 아이가 아니다.

"소신 발언을 하더라도 심장 두근거리게만 하지 말아다오."

손석민이 간절히 애원하자 우민이 알았다는 듯 고개를 끄덕였다.

"물론입니다. 제가 아저씨를 얼마나 소중하게 생각하는데 그래서는 안 되죠."

문이 열리고 출국장을 나서자마자 수많은 취재진이 몰려들었다. 우민은 미리 대기하고 있던 경호원들의 안내를 받으며 빠르게 이동했다.

그러나 기자들의 취재 열기는 경호원들의 경호를 넘어서는 것이었다. 밀치고, 밀리고 다시 밀어내기를 반복하며 겨우 차가 있는 주차장으로 이동했다.

차 문을 열자 마음이 급해진 기자들이 악을 쓰듯 소리쳤다.

"현재 고소 인원이 만 명이 넘습니다. 한 말씀만 해주십시오, 작가님."

"법원의 업무가 마비될 정도라는 소리가 흘러나오는데요. 어떤 의도를 가지신 겁니까?"

"내용증명을 받은 사람들 중에는 미성년자들도 다수 포함되어 있는데 이들은 어찌하실 생각이십니까?"

"항간에 합의금 장사를 하려는 것 아니냐는 비판에 대해서는 어떻게 생각하십니까?"

"너무 과한 조치가 아니냐는 의견이 많습니다. 이에 대해 입장 표명 부탁드립니다."

밴의 문이 열리고 우민은 차 안으로 들어섰다. 이내 뒤를 돌아보며 여유롭게 손을 흔들었다. 그리고 애타게 자신을 바라보는 기자들과 눈을 마주치며 말했다.

"이제 겨우 만 명입니다. 제가 수집한 자료에 따르면 오만 명이 넘는 인원이 불법으로 제 글을 다운로드하여 보았습니다. 너무 많은 숫자입니다. 저는 깨달았습니다. 이건 제 개인의 문제가 아니다. 작가들의 삶을 지키기 위한 싸움이다."

우민은 빠르게 말을 이었다.

"저는 소설닷컴에서 유료 연재하는 작가들의 동의를 얻어 그들의 권리도 보장되도록 하고자 마음먹었습니다."

앞좌석에 타고 있던 손석민이 침을 꿀꺽 삼켰다. 지금까지는 무난하다고 할 수 있었다. 더 자극적인 단어가 나오지 않기만을 빌었다.

"누군가는 이렇게 말할 겁니다. 어차피 실효성이 없다, 고소 고발 해봤자 무죄 받을 거다, 비용이 더 나간다."

우민이 환하게 웃어 보였다.

"하하, 하지만 그런 걱정 하지 않으셔도 된다고 말씀드리고 싶네요. 저 돈 많습니다. 고소 고발 비용이 얼마가 나와도 감당할 수 있습니다. 작가들의 권리가 지켜진다면 백억, 아니, 천억이라도 쓸 수 있습니다. 그러니 불법 공유를 하신 분들은 기대해 주세요. 곧 댁으로 우리나라 최고의 변호사들이 찾아 갈 테니까요."

그 말을 끝으로 우민이 차 문을 닫았다.

'저 돈 많아요'라니… 손석민은 또다시 관자놀이를 주무를 수밖에 없었다.

*　　　　*　　　　*

정치인들이 좋아하는 것 중 하나가 바로 '프레임'이다. 가장 대표적인 예가 바로 빨갱이. 빨갱이라는 프레임으로 사건이나 인물을 바라보게 만드는 것이다.

우민이 한 일도 이와 비슷했다.

우민 개인의 일을 작가 전체를 위한 일로 프레임을 씌웠다. 어느새 우민은 작가들의 권익 향상을 위해 사비까지 지출하는 선인이 되어 있었다.

덕분에 손석민은 밤낮없이 야근 중이었다.

소설닷컴에 유료 연재를 하고 있는 작가만 대략 삼백 명이 넘어간다.

서비스되고 있는 이북까지 합치면 그 숫자는 다시 두 배를 넘어간다.

일일이 작가들에게 연락해 위임장을 받고 이를 다시 법무 법인에 전달하는 것만 해도 하루 이틀 만에 끝날 일이 아니었다. 손석민의 다크서클이 인중까지 내려와 있었다.

"너… 처음부터 이럴 생각이었지?"

"처음이라는 단어가 참 애매합니다. 제가 어린 시절 최초로 글을 썼을 때부터 전 작가들의 권리에 관심이 많았으니까요. 그때가 아마 처음이려나……."

의뭉스러운 우민의 대답에 손석민이 축 늘어졌다.

"법무 법인에서 비용이 얼마나 나올지 무섭지도 않냐?"

"정당한 서비스에 적절한 대가를 지불하는 게 두려울 일은 아니잖아요."

"저기 안 보이냐? 야근으로 지친 직원들의 고단한 모습이?"

"그래서 오늘 최고급 호텔 뷔페 식사권을 준비했습니다. 가족 또는 연인을 초대해서 드시면 됩니다."

일을 하던 몇몇 직원들이 탄성을 터뜨렸다. 한 직원이 손을 들고 물었다.

"최고급이면 어디 호텔입니까?"

"중구에 위치한 S호텔입니다."

"오오!"

다시 터져 나온 함성.

우민이 손석민의 귀에 대고 속삭였다.

"아저씨도 오랜만에 엄마랑 좋은 데서 식사도 하고 그러세요."

손석민이 기가 막힌다는 듯 우민을 바라봤다.

"내, 내가 누구 때문에 며칠째 야근 중인데!"

"잘난 작가 덕… 이랄까요?"

손석민이 뒷목을 잡으며 두 눈을 감았다. 이 녀석은 도무지 당해낼 수가 없었다.

*　　　　*　　　　*

건국 이래 최대의 저작권 관련 소송이 언론을 잠식했다. 피해 액수는 작을지 몰라도 소송 규모 면에서는 비교 대상이 존재치 않았다.

아주 어리게는 초등학생에서부터, 많게는 50대 중년의 가장까지. 직업군으로는 대기업 부장에서부터, 의사, 그리고 변호사까지 정말 다양했다.

나라의 중대사를 논하는 국무회의.

거기에서 다룰 만큼 사건이 커져 버린 것이다.

"블랙리스트 파동으로 침체된 문화, 예술계에 이번에는 불법 공유 문제라니… 어떻게 된 일입니까?"

대통령이 묻자 문체부 장관이 답했다.

"자체적으로 조사한 바에 따르면 불법 다운로드를 한 시민들이 많은 건 사실이었습니다. 그러나 다운로드 자체만으로 저작권법을 어겼다고 말하기에는 논란의 소지가 있습니다."

문체부 장관의 말에 법무부 장관이 나섰다.

"저작권법에는 '사적 이용을 위한 복제'라는 조항이 있습니다. 공표된 저작물을 가족 내에서 아주 개인적으로 사용할 수 있음을 허용해 주는 조항이지요. 사실 이 조항으로 인해 수많은 개인의 저작물을 인터넷상에서 다운로드받고도 아무런 처벌을 받지 않습니다."

대통령이 의아해하며 반문했다.

"그러면 인터넷에서 영화 같은 저작물을 마음대로 다운받아도 된다는 말씀입니까?"

"그게 2008년도 판례에 따르면 '해당 저작물의 다운로더가 저작권을 침해했다는 사실을 인지하고 있다면 다운로드가 합법이라 볼 수 없다'라는 판례가 있습니다. 결국 법 조항과 판례가 상충이 되어 논란이 되고 있는 겁니다."

법무부 장관의 자세한 설명에 대통령이 침음성을 흘렸다.

"흐음……."

"그러나 선진국의 경우 저작물을 엄격하게 지켜져야 할 권리로 보호하고 있습니다. 바로 옆 나라인 일본만 하더라도, 형사처벌까지 가능한 중한 범죄로 여기고 있습니다."

문체부 장관이 잠시 앞에 놓여 있는 물을 한 모금 마셨다.

"이번 이우민 작가 사태만 해도 그렇습니다. 저희는 법이 약해 수만 명이 연루된 반면 일본에서는 일체의 불법 다운로드가 없었습니다."

"진행 중인 게 일만 명이라 하지 않았어요?"

"그게 실상을 들여다보면 일본에 출시되지 않은 다음 권을 불법 번역하여 공유한 숫자입니다. 정상 유통된 일본어 번역판을 다운로드한 사람은 없었습니다."

대통령의 침음성이 한층 커졌다. 미묘한 차이였지만 그것이 의미하는 바는 컸다.

결국 다음 권이 정식으로 출간되었다면 불법 다운로드가 거의 발생하지 않았을 것이라는 말이다.

정부의 잘못인가. 아니면 국민성의 차이인가.

"말로만 문화 강국을 외치는 나라의 이면을 본 것 같아 부끄럽군요."

"저작권법을 강화하고, 시민들을 상대로 계몽 활동을 펼쳐야 합니다."

"사안에 대한 정리는 되었으니 방안에 대해서는 좀 더 고민해 보도록 합시다. 자, 다음 안건이……."

대통령의 말에 안건은 빠르게 다음으로 넘어갔다. 다시 치열한 격론이 국무위원들 사이에서 펼쳐졌다.

                    *   *   *

  중구에 위치한 S호텔은 국내 몇 안 되는 5성급 호텔이었다.
우민은 고생하는 출판사 직원들을 위해, 그곳의 런치 타임 뷔
페 전체를 대여했다.

  "마음껏 드세요. 오후 타임은 제가 예약했으니까, 편하게
드시면 됩니다. 아! 그리고 사전에 개인적으로 숙박 예약하신
분들은 데스크에 말씀하시면 알아서 처리해 줄 겁니다."

  직원들이 웅성거리며 하나둘씩 음식을 담기 위해 자리에서
일어났다.

  우민의 주변에 앉아 있던 카타리나가 중얼거렸다.

  "짠돌이가 웬일이냐. 이런 데를 오고."

  듣고 있던 전석영이 의아해하며 물었다.

  "작가님이 짠돌이라고요?"

  카타리나가 깔깔거리며 웃어 보였다.

  "하긴 너희들은 모르겠구나. 이우민 이거 처음 한국 왔을
때는 거적때기에 머리도 산발이었어. 그래서 가장 먼저 미용
실에 갔는데 커트비가 5만 원이었나? 왜 이렇게 비싸냐고 구
시렁구시렁. 옷을 사는데도 비싸다고 구시렁구시렁."

  또다시 자신이 모르는 과거 이야기였다. 카타리나가 말을
이어갈수록 시우란의 표정이 어두워졌다.

"그러던 놈이, 여기 한 끼에 십만 원이지? 이런 데를 오다니 세상이 변한 건지 저 녀석이 변한 건지."

지켜보던 우민이 말했다.

"나도 쓸 때는 쓴다. 오늘은 써야 하는 자리니까 쓰는 거야."

카타리나의 웃음소리가 한층 커졌다. 우민에게 다가가 팡팡거리며 엉덩이를 두드렸다.

"우쭈쭈, 어유 그랬어요. 우리 우민이? 우쭈쭈, 이 누나가 몰랐네."

우민이 카타리나의 손을 탁 쳐냈다.

"카타리나 씨, 이거 엄연히 성추행입니다."

카타리나는 한층 더 대담하게 우민에게 몸을 밀착시켰다. 그러고는 귀에 입술을 갖다 대곤 속삭였다.

"방 잡아놨어? 오늘 밤 괜찮은데."

아무도 듣지 못했다.

화악.

단지 우민의 얼굴이 홍시처럼 붉게 달아올랐다. 시우란의 표정이 굳어졌다. 같은 여자로서 직감적으로 카타리나가 무슨 말을 했는지 느낀 것이다.

"뭐, 뭔 소리를 하는 거야."

"나 오늘 안전해."

꿀꺽.

우민이 마른침을 삼켰다. 더 이상 대꾸하지 못하고 온몸이 마치 로봇처럼 뻣뻣해져 천천히 접시가 있는 쪽으로 걸어갔다. 그 뒤를 카타리나가 졸졸 쫓아가며 놀리듯 말했다.

"뭐야, 여자가 고백을 했으면 대답은 해줘야지. 무슨 남자가 이렇게 똥 매너야. 야! 이우민!"

우민은 한동안 아무 말도 하지 못하고 그저 뷔페에서 가져온 음식에만 집중했다. 혹여 카타리나와 눈이라도 마주치면 사레가 들린 듯 기침을 해대기 일쑤였다.

*   *   *

'배틀 걸' 제작 발표회장.

장완석이 기다란 테이블이 놓여 있는 곳 중앙에 앉아 있었다.

"뭐야, 기자들 다 부른 거 맞아?"

제작 발표를 위해 빌린 S호텔의 넓은 컨퍼런스 홀 대부분이 비어 있었다. 장완석이 새롭게 뽑은 매니저에게 물었다.

"기자들이 단체로 늦는 것도 아니고, 무슨 상황인지 빨리 확인해 봐."

대기하고 있던 매니저가 움직이자 멀리서 지켜보던 제작사 대표가 다가왔다.

"장 감독, 내가 확인해 봤는데 기자들이 늦는 게 아니야."

"그럼 뭡니까. 일정 공유가 제대로 안 된 거예요? 제작 발표회 준비를 어떻게 이따위를 할 수 있습니까."

제작사 대표에게도 안하무인격으로 들이댔다. 눈꼴사나운 모습이었지만 제지하는 사람은 없었다. 제작사 대표는 한층 조심스러워졌다.

어떻게 말해야 하나, 고민하는 기색이 역력했다.

"그게 아니라……."

그 순간 듬성듬성 앉아 있던 기자들이 전화를 받더니 주춤거리며 자리에서 일어났다. 수중의 카메라를 챙겨 밖으로 나가려는 기자를 장완석이 매서운 눈빛으로 째려보았다.

곁에 있던 제작사 대표가 계속해서 망설이며 우물쭈물거렸다. 답답해하던 장완석이 버럭 화를 냈다.

"뭔데요. 빨리 말 안 합니까!"

"밖에 이우민 작가가 와 있어."

"뭐, 뭐요?"

제작사 대표는 다시 '이우민'이라는 이름을 입에 담지 못했다. 장완석에게 그 이름은 일종의 금기어. 처음 한 번은 용서되었지만 두 번은 안 된다는 사실을 경험으로 알고 있었다.

"그 개자식이 여기는 왜 온답니까? 그리고 기자들이 여기 안 온 것과 무슨 상관이라고……."

장완석이 말을 하는 사이 끼이익 소리를 내며 컨퍼런스 홀

문이 열렸다. 그나마 남아 있던 두세 명의 기자가 뒤를 돌아 보았다.

문이 열리며 컨퍼런스 홀로 들어온 건 우민.

그 뒤로 마치 왕을 모시는 신하들처럼 줄줄이 기자들이 입장했다. 카메라의 렌즈가 향하는 곳은 여전히 우민이었고, '배틀 걸'의 주연 배우진과 장완석은 그 공간에서 철저히 소외되어 있었다.

우민이 넉살 좋게 웃으며 천천히 장완석에게 다가가 손을 내밀었다.

"와, 이런 데서 다 만나고 정말 반갑습니다. 장. 감. 독. 님."

수많은 기자들이 지켜보는 자리. 장완석도 차마 내민 손을 뿌리치지 못하고, 마주 손을 잡으려 했다.

그때.

갑자기 우민이 내민 손을 거둬들이며 주먹을 불끈 쥔 채 화이팅 자세를 취했다.

"아싸!"

장난스러운 그 모습을 기자들은 한 컷도 놓치지 않겠다는 듯 열심히 찍어댔다. 장완석의 표정이 화를 참지 못하고 금방이라도 터질 것처럼 붉으락푸르락해졌다.

"지금 뭐 하자는 거지?"

"앞으로 영화 '떨어진 달' 제작 발표회를 해야 해서요. 어떻게 하나 사전 답사 왔달까요?"

"꺼져."

"…네?"

"당장 여기서 꺼지란 말이다."

억눌린 화가 금방이라도 폭발할 것처럼 매서운 기세가 피어올랐다. 우민이 두 팔로 몸을 감싸며 엄살을 피웠다.

"우와, 이거 무서워서 오래 못 있겠네요."

우민은 바로 뒤를 돌아 기자들을 향해 말했다.

"저는 이만 가봐야 할 것 같습니다. 혹시나 한일 양국에서 벌어지고 있는 저작권 관련 소송에 대해 궁금하신 게 있으신 분은 제게 개인적으로 물어봐 주세요. 여기 더 있다가는 방해만 될 것 같아서……"

우민이 민망하다는 듯 자리를 피했다. 그리고 장내를 메우고 있던 기자들도 우민을 따라 자리를 피했다.

컨퍼런스 홀이 순식간에 썰렁해졌다.

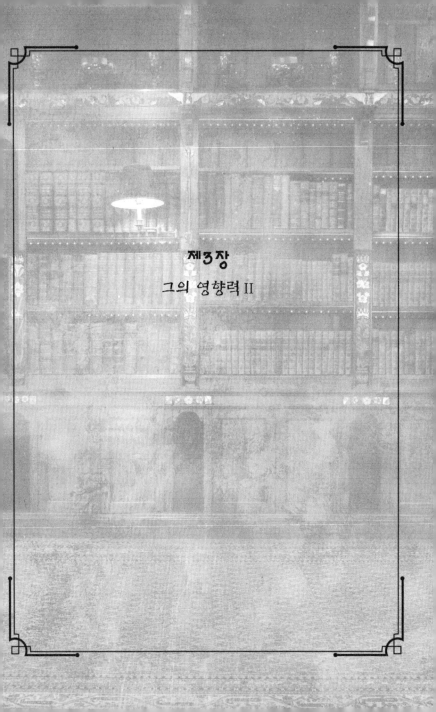

제3장

그의 영향력 II

두세 명보다는 많은 사람이 자리에 앉아 있었다. 그러나 썰렁함을 감출 수는 없었다.

으드득.

장완석이 이를 갈았다. 곁에 있던 제작사 사장은 어쩔 줄을 몰라 했다.

화려함을 좋아하는 장완석의 취향에 맞춰 차기작 '배틀 걸'의 제작 발표회도 국내 최고급 호텔 중 하나를 골랐다.

잔치는 크게 벌였지만 손님이 없는 격이었다.

"저 개자식을 어떻게든 하지 않으면 내 명이 줄어들겠어."

"……."

옆에 있는 주연배우들은 침묵했다. 이럴 때 괜히 입을 놀려 좋을 게 없었다.

어찌 되었든 그의 형은 국내 엔터 산업의 절대 강자다. 눈 밖에 났다가는 앞으로의 연예계 생활이 피곤해진다.

"이제 본격적으로 영화를 만들 생각인가 보지. 병× 같은 놈. 어디 상영관 하나 딸 수 있는지 두고 보자."

CG미디어가 국내 상영관의 50% 이상을 차지하고 있다. 거의 독점적인 구조하에서 장완석의 영화도 매번 중박 이상을 칠 수 있었던 것이다.

옆에 있던 제작사 대표가 어색하게 웃었다.

"하… 하하, 오만 방자한 놈이 제 주제를 모르고 날뛰는데, 장 감독이 굳이 신경 쓸 게 있나."

이우민 작가.

제작사 대표도 익히 알고 있는 이름이다. 누구의 도움도 받지 않고, 여기까지 올라온 대표적인 천재 자수성가형. 장완석과 그가 부딪쳤을 때 결과가 대충 짐작이 갔다.

자신의 예측대로라면 중요한 물주 하나가 사라지는 것이다.

"자고로 한국 놈들에게는 매가 약이라는 말이 있습니다."

제작사 대표는 '그러는 너도 한국 사람이잖아'라는 말을 삼켜야 했다.

어린 시절부터 외국에서 자라, 그곳에서 영주권까지 받았다. 태생은 한국인이지만 국적은 미국인. 검은 머리 외국인이 바로 그였다.

"그, 그렇지."

제작사 대표는 어색하게 웃으며 동의할 수밖에 없었다.

*   *   *

뷔페장으로 들어선 우민을 향해 카타리나가 물었다.

"어딜 쏘다니다가 이제 오는 거야. 설마 호텔 구경했냐?"

"소화시키러 마실 다녀왔다."

"무슨 말이야? 알아듣게 말해."

"명치를 막고 있던 음식물이 있었는데 소화시키고 왔어."

"그래, 그렇다고 하자."

카타리나가 포기했다는 듯 중얼거렸다. 그때 밥을 먹고 있던 손석민의 핸드폰이 급하게 울리기 시작했다.

뿐만 아니었다.

W 출판사 홍보 팀 직원들의 핸드폰이 동시에 울렸다. 전화를 받은 손석민은 심각한 표정을 풀지 않았다.

연신 '네, 네'거리며 무겁게 답했다. 굳어진 표정은 더욱 딱딱해져만 갔다.

우민이 손석민의 눈치를 살필 정도였다.

'그, 그렇게 큰일이었나.'

사실 이곳을 예약한 이유 중 하나이기도 했다. 결국 무혐의로 풀려난 장완석. 그가 이곳에서 차기작 제작 발표회를 한다는 말에 출판사 직원들 사기 진작 차원에서 S호텔을 예약했다.

생각대로 기자들의 이목을 단숨에 끌어모았고, 제작 발표회는 속 빈 강정이 되고 말았다.

"알겠습니다."

딱딱하다 못해 석상처럼 굳어져 버린 손석민이 대답과 함께 전화를 끊었다.

지금까지 지내오면서 가장 심각해 보이는 모습이었다. 우민도 눈치를 살필 수밖에 없었다.

전화를 끊은 손석민이 우민에게 대가왔다.

"우민아."

착 가라앉은 목소리에 찔린 우민이 말을 더듬었다.

"네, 네?"

그사이 홍보 팀 직원들이 하나둘씩 손석민 근처로 다가왔다.

"대표님……."

우민은 약간 주눅 든 표정으로 변명했다.

"제가 일부러 그런 건 아니고, 마침 눈에 띄길래 몇 마디 나눈 것에 불과한데……."

말을 듣고 있던 손석민이 마른침을 꿀꺽 삼켰다.

"청와대에서 들어오란다."

"기자들이 마음대로… 아! 그럼 방금 전화가……."

"그래, 이번에 문화 예술계 사기 진작 차원에서 청와대에서 만찬을 진행하는데 한번 올 수 있냐고 하더라."

옆에서 듣고 있던 홍보 팀 실장이 끼어들었다.

"대표님, 지금 J미디어 이상호 기자한테서 전화가 왔습니다. 저작권 관련 소송이 앞으로 몇만 명이 더 남아 있는 게 사실이냐고 물어봅니다."

"저한테도 K일보 박민정 기자한테서 연락이 왔는데; 현재 총 규모가 10만 명에 육박할 수 있다는 이우민 작가의 말이 사실이냐고 물어보는데요?"

"여기 H일보 최 기잔데… 소송 비용만 해도 수십억 대라는데… 이거 그대로 기사 보낸다고……."

듣고 있던 손석민이 고개를 돌렸다.

"뭐, 뭐?"

우민이 다행이라는 듯 작은 한숨을 내쉬었다. 동시에 주변에 있는 홍보 팀 직원들의 이야기를 가리기 위해 큰 소리로 말했다.

"청와대가 오라는데 물론 가야죠. 가서 작가들의 열악한 처우 환경 개선과 불법으로 유통되는 저작물들에 대한 철저한 단속을 약속받고 오겠습니다."

마치 전장에 나가는 병사처럼 굳센 의지를 다졌다. 그사이 손석민의 시선이 다시 우민을 향했다.

"너, 또, 이번에는… 무슨……."

마침 시계가 세 시를 가리켰다. 우민이 벌떡 자리에서 일어났다.

"하하, 역시 호텔 뷔페가 맛있네요. 대여 시간도 끝이 났으니 자리에서 일어날까요? 남은 시간은 어머니와 재밌게 보내세요. 차는 제가 직접 몰고 가겠습니다."

"야, 이우민, 야!"

손석민이 아무리 불러도 우민은 답하지 않았다. 그저 발걸음을 빨리해 호텔 로비로 나가 발레파킹 직원에게 차를 건네받았다.

*　　　　*　　　　*

어느새 올라탄 카타리나가 외쳤다.

"가자, 식후 디저트는 이 누나가 쏜다!"

우민이 어이없다는 듯 쳐다보았다.

"원래 먹는 배, 디저트 배는 따로 있는 법이야!"

"너 어째 갈수록 한국 사람이 다 된 것 같다? 말투에서 전혀 위화감이 느껴지질 않아."

"아무렴. 내가 여기서 생활한 게 벌써 몇 년인데."

"몇 년은 무슨, 몇 달 됐나."

뒷자리에 있던 시우란이 재빨리 끼어들었다.

"전 벌써 4년째입니다."

당황한 우민이 되물었다.

"3년이라니, 시우란 너 한국에서 살았던 적 있어?"

"은공님이 저를 어둠 속에서 꺼내주셨을 때부터 제 마음은 언제나 한국과 함께였으니까요."

듣고 있던 우민이 헛웃음을 터뜨렸다.

"하, 하하. 뭐?"

쿡.

앞자리에 앉아 있던 카타리나도 웃을 수밖에 없었다.

"뭐야, 시우란 너 이런 캐릭터였어?"

시우란의 볼이 복숭아처럼 붉게 변했다.

"…함께한 시간이 짧지 않음을 말했을 뿐입니다."

"그, 그래."

그사이 카타리나가 내비게이션에 청담동 근처 고급 디저트 가게를 검색했다.

카타리나가 즐겁게 웃으며 말했다.

"이우민 기사, 어서 출발하지."

오래 묵은 체증도 좀 내려갔겠다, 우민도 장단을 맞춰주었다.

"알겠습니다. 사모님."

뒤에 있던 시우란이 부러운 눈길로 그 둘을 바라보았다.

차는 한남대교를 지나 청담역 근처로 들어섰다. 이내 가게에 도착했고, 발레파킹 요원이 차를 주차시켜 주었다. 1960년대 미국을 연상케 하는 가게 인테리어가 인상적이었다.

그리고 받아 든 가격표는 더욱 인상적이었다.

"케이크 하나도 아니고, 한 조각에 3만 원?"

세 조각만 먹으면 방금 먹고 온 S호텔 뷔페 가격과 같았다.

"그거 맛있더라. 먹어봐."

모엘류 밀푀유.

이름부터가 요상했다. 한국말로 하면 '부드러운 밀푀유'라는 뜻. 그러면 부드러운 과자라는 말인가?

그렇게 메뉴를 보고 있는 세 사람에게 말쑥하게 정장을 차려입은 남자가 한 명 다가왔다.

깔끔한 투블록 스타일의 머리에 양쪽 귀에 달려 있는 귀고리가 인상적인 남자였다.

"오, 오셨군요. 미스 켈리. 또 뵙게 되다니 나이스 투 미츄. 반갑습니다."

어설픈 영어로 인사를 건넨 남자는 이내 옆자리에 있는 시우란에게도 관심을 표했다.

"역시 끼리끼리 만난다고 하는 말이 딱 맞네요. 이 미인분도 친구?"

우민에게는 눈길조차 주지 않았다. 그의 시선은 시우란의 전신을 훑기에 바빴다. 특히 도드라진 그 부분에서 눈을 떼지 못했다.

풉.

듣고 있던 우민이 웃음을 터뜨렸다. 그제야 남자의 시선이 우민에게로 향했다.

"이분은… 누구……."

우민이 먼저 입을 열었다.

"타냐의 친구입니다."

친구라는 말에 남자가 경계의 눈빛을 보냈다.

"아, 친구. 프렌드. 미스 켈리의 친구분들이시니 제가 성심 껏 대접해 드려야죠. 메뉴에서 고르기만 하세요. 전부 제가 대접해 드리겠습니다."

말을 하던 남자가 카타리나를 향해 눈웃음을 쳤다. 카타리나가 입가에 살짝 미소를 지으며 화답했다. 남자의 얼굴이 순식간에 환해졌다. 자신감을 얻었는지 이번에는 시우란을 향해 말했다.

"옆에 친구분은 성함이 어떻게 되시는지. 저 없을 때도 마음대로 이용하실 수 있도록 직원들에게 말해놓겠습니다."

시우란은 들은 척 만 척 아무런 반응도 보이질 않았다. 말을 하면서도 노골적으로 한곳만 주시하는 남자의 시선이 부담스러움을 넘어 짜증을 일으키려 했다.

"Qué asco!"

우민의 입에서 흘러나온 건 스페인어.

그 자리의 누구도 해석하지 못했다. 당황한 남자가 말했다.

"하, 하하. 한국분이 아니신가 보죠? 미스 켈리, 그럼 즐거운 시간 되세요."

카타리나에게 인사를 하고 돌아서는 남자의 두 눈에 진득한 욕망이 서려 있었다. 우민의 마음속에서 왠지 모를 심술이 피어올랐다.

"불쾌하다는 말입니다."

"…네, 네?"

당황한 남자가 말을 더듬었다. 어설픈 영어는 사라졌다. 카타리나, 그리고 시우란을 훑기에 바쁘던 눈길도 사라졌다. 동공이 약하게 떨리고 있었다.

"혐오스럽다는 뜻으로도 쓰입니다."

주변의 공기가 차갑게 가라앉았다. 우민의 뜻을 알아차린 남자의 얼굴이 서서히 달아오르고 있었다.

"초, 초면에 이거 너무 무례한 거 아닙니까?"

"이건 일종의 정당방위입니다. 불순한 의도가 담긴 시선에 항의한 것뿐이니까요."

"이, 이게 보자 보자 하니까. 당신 몇 살이야?"

나이를 물어보는 말에 우민은 대꾸할 가치조차 느끼지 못했다. 그저 자리에서 일어나 가게를 나가려 했다. 남자가 그런 우민의 어깨에 손을 얹었다.

"어디서 남의 가게에서 난장을 피워놓고 도망을 가!"

우민은 순식간에 남자의 손을 잡아 힘으로 비틀어 버렸다.

"아, 아!"

남자가 고통스러운 신음을 토했다.

"함부로 제 몸에 손대지 마세요."

탁.

우당탕.

우민이 잡고 있던 손을 밀어내자 남자가 탁자에 몸을 부딪치며 힘없이 나뒹굴었다.

*　　　　*　　　　*

뒤따라 나온 카타리나는 연신 싱글벙글이었다.

"뭐야, 뭐야. 지금 질투하는 거야?"

카타리나가 물어도 우민은 답하지 않았다.

"지금 나 때문에 화낸 거 맞지? 그렇지?"

곁에 있던 시우란이 말했다.

"절 위한 말이었습니다. 꽤나 불쾌하던 참이었거든요."

카타리나는 신경 쓰지 않고 마이페이스를 유지했다.

"그냥 맛집이라고 해서 사무실 사람들이랑 갔더니, 자꾸 공짜로 디저트를 주겠다고 하더라고. 그래서 몇 번 간 게 다야. 그게 전부야."

시우란. 카타리나.

둘 중 누구 때문이었을까.

우민은 알고 있었다.

"이런 식의 방법은 날 실망시킬 뿐이야. 화는 내 마음을 깨닫게 하는 게 아니라, 식게 만드는 감정이니까."

일순 카타리나는 입을 다물었다. 그사이 시우란이 재빨리 우민의 옆자리를 차지했다.

시무룩한 얼굴로 뒷좌석에 탄 카타리나를 향해 시우란이 백미러를 보며 살짝 혀를 내밀었다.

카타리나는 샐쭉 토라져 입술을 깨물었다.

                    *   *   *

  아침부터 환한 시우란의 미소가 사무실을 밝혔다. 커피 두
잔을 들고 사무실로 들어서던 전석영이 물었다.

  "무슨 좋은 일 있으세요?"

  "그냥… 기분이 좋아요."

  마치 자신에게 하는 말인 양 느껴진 전석영도 헤벌쭉 웃으
며 입을 벌렸다.

  "이거, 이거 한 잔 드세요. 좋아하시는 그린티라떼로 사 왔
어요."

  "앗! 왜 저한테 이런 걸."

  "저도 그냥 오늘 아침에 기분이 좋더라고요."

  뒤따라 들어서던 함수호가 전석영의 어깨에 팔을 걸쳤다.

  "내 거는?"

  "형은 커피 안 좋아하시잖아요."

  "헐… 이놈 봐라."

  둘이 티격태격하는 사이 송민영이 사무실로 들어왔다.

  "내 거는?"

  "아, 아니, 누나가 언제 올 줄 알고 제가 커피를 사 와요."

  바로 그 뒤에 도착한 카타리나가 시무룩한 표정으로 물었
다.

"석영 씨, 제 건요?"

사람들의 놀림에 전석영이 울상이 되었다.

"카, 카타리나까지 저한테 왜 그러세요."

동시에 세 명이 대답했다.

"내 거는!"

전석영이 할 수 없이 문을 열고 나갔다. 밖으로 나가는 전석영의 핸드폰이 쉴 새 없이 울리고 있었다.

—나는 아이스 아메리카노.

—저는 따뜻한 라떼 한 잔이요.

—나는 아이스 아메리카노 샷 추가 알지?

—다, 다들 미워요!

그 밑으로 우민의 메세지가 도착했다.

—아이스 초코 하나 추가요.

—자, 작가님까지.ㅠㅠ

—청와대로 배달해 주세요.

*   *   *

장난기 가득 찬 채팅을 마친 우민이 검문 검색을 위해 핸드폰을 내려놓았다.

검색대에 마주 나와 있던 직원의 안내를 받으며 청와대 본관으로 이동했다. 격식 있는 자리라는 잔소리에 어쩔 수 없이 맞춰 입은 슈트가 답답함을 더했다.

"한여름에 이게 무슨 꼴이야."

앞서가던 직원이 힐끔거리며 뒤를 돌아보았다. 말로만 들었던 이우민 작가가 바로 뒤에 서 있었다.

'국가가 보호해야 할 얼굴 인재였어.'

보고 또 보고 싶은 걸 겨우 참는 중이었다. 말을 걸고 싶었지만 심장이 떨려 입을 뗄 수가 없었다.

"청와대 본관이라는 곳은 시원한가요?"

"물론이에요. 이제 거의 다 왔습니다."

푸른색 기와가 서서히 모습을 드러냈다. TV에서 봤던 것과는 달리 사뭇 장엄한 기세가 느껴졌다.

산 아래라는 위치에 푸른색 기와집은 절묘한 조화를 이루고 있었다.

우민은 잠시 걸음을 멈추고, 생각에 잠겼다. 앞서가던 안내 직원이 기회라는 듯 청와대 기원에 대한 설명을 시작했다.

"청와대 터의 기원은 고려 숙종 때 풍수가인 김위제

가……"

'이미 다 알고 있다'라는 말은 굳이 하지 않았다.

여기까지 오다니, 우민은 뭔가 감회가 새로웠다.

본관으로 들어가니 행사 준비가 한참이었다. 문화, 예술인들을 위한 행사라는 거대한 플래카드까지 붙어 있었다. 그리고 그곳에 반가운 얼굴이 앉아 있었다.

'장완석 감독도 와 있네. 이거 재밌어지겠어.'

그리고 '더 디렉터'에서 우승하며 전 국민적 관심을 받는 감독이 된 김승완도 자리에서 일어나 우민에게 다가오는 중이었다.

"오셨어요."

"하하, 일찍 오셨네요."

"그럴 수밖에요. 이런 자리에 초대를 받다니, 정말 꿈만 같습니다. 어젯밤에는 떨려서 한숨도 못 잤어요."

긴장한 기색이 역력했다. 우민은 대답을 하며 좀 더 자세히 주변을 둘러보았다.

자신이 얼굴을 아는 연로 배우, 작가, 감독들이 즐비했다. 그밖에도 얼굴은 모르지만 관련 산업에 종사하는 많은 사람들이 참석해 있었다.

우민은 일부러 약간 목소리를 키웠다.

"죄지은 것도 없는데 떨릴 게 뭐 있나요. '자고로 때린 놈은 다리 못 뻗고 자도 맞은 놈은 다리 뻗고 잔다'는 말도 있지 않습니까. 하하하."

그렇지 않아도 감정이 좋지 않은 놈이 하는 말에 장완석의 얼굴이 썩어 들어갔다.

'저 새끼는 안 끼는 데가 없네.'

일어나서 대거리라도 하고 싶었지만 장소가 장소인지라 참을 수밖에 없었다. 옆자리에 있던 장완웅이 만면에 미소를 지으며 자리에서 일어났다.

그러고는 솥뚜껑 같은 손을 우민에게 내밀었다.

"반갑습니다, 작가님. 하하."

우민이 마주 손을 잡았다.

"장 회장님이시군요. 반갑습니다."

쫘악.

장완웅이 일부러 손에 힘을 주었다. 중년의 남성이라 믿기지 않을 정도의 악력. 하지만 우민에게는 어림도 없었다.

으드득.

장완웅의 낯빛이 순식간에 일그러졌다. 손을 빼내려 용을 썼지만 쉽지 않았다. 다행히 단상에 서 있던 직원이 마이크를 잡았다.

"입장하신 분들은 모두 착석해 주시기 바랍니다. 다시 한번 안내 말씀드리겠습니다. 입장하신 분들은 모두 착석해 주시기 바랍니다."

이윽고 삼엄한 경비 속에서 대통령 남한민이 모습을 드러 냈다.

*   *   *

우민의 옆자리에 앉아 있던 김승완이 귓속말을 속삭였다.

"시, 실제로는 처, 처음 뵙는데 정말 잘생기셨군요."

우민도 고개를 끄덕였다. 눈빛은 젊은이들 못지않게 반짝였고, 흰머리는 연륜을 더했다.

"그런데… 정말 그 이야기를 꺼내실 겁니까?"

"그러기 위해 참석한 자리인데요."

"아… 작가님도 정말, 대단하시네요."

"시작했으면 끝을 봐야죠."

김승완은 여전히 걱정스러운 기색을 감추지 못했다.

"사전에 협의는 하신 거죠?"

"네. 연락이 왔을 때 말은 해두었는데, 어떻게 진행될지는 지켜봐야 할 것 같습니다. 이 자리에 저 둘도 와 있는 걸 보니 어떻게 조율이 됐는지 짐작이 가질 않네요."

"그 정도의 뻔뻔함이 없었다면 애초에 그런 일을 벌이지도 않았겠지요."

우민은 대답을 하면서도 단상에서 마이크를 잡고 있는 대통령의 연설에 귀를 기울였다.

—'한류'를 일으킨 여러분들에게 앞으로 적절한 지원을 약속드리겠습니다.

—오늘 이 자리는 실제 현장에 있는 분들의 말씀을 듣고 구체적인 지원 방안을 세우기 위한 의견 청취의 자리이기도 합니다.

"그 뻔뻔함이 자신의 작품에 대한 자신감에서 나왔으면 좋으련만."

김승완도 단상으로 고개를 돌렸다.

—이런 건 정부가 좀 맡아서 해줬으면 좋겠다, 이런 건 사라져야 하지 않겠느냐, 허심탄회하게 전부 말씀해 주시면 고맙겠습니다.

대통령의 말이 끝나자마자 우민이 번쩍 손을 들었다.

"제가 한 말씀 드려도 괜찮을까요?"

참석자들 중 제일 어린 나이인 우민이 손을 들자 사람들의 시선이 집중되었다.

*   *   *

청와대를 나와 집으로 돌아가는 길.

우민의 차에 올라탄 김승완이 주먹을 쥐었다 폈다 반복했다.

"너무 대놓고 까발린 건 아닐까요? 현장에서 녹음테이프까지 틀어버린 건… 물론 시원하긴 했지만……."

"그 정도는 해야 신경을 써줄 겁니다. 알맹이 없는 말을 반복하는 건 누구의 관심도 끌지 못하는 법이니까요."

"그렇기야 합니다만……."

긴장이 풀린 김승완이 푹신한 자동차 시트에 몸을 기댔다. 아직도 두 시간 전의 치열한 공방이 생생하게 떠올랐다.

손을 든 우민이 말했다.

"먼저 이것부터 들려 드리고 싶습니다."

─야, 이 새끼야! 똑바로 안 해! 이따위로 일 처리해서 누구 엿 먹이려고? 어?

─아놔, 진짜 미치겠네. 돌대가리냐? 머리가 돌이야?

녹음기에서 들려오는 건 장완석의 목소리.

예전 김승완에게 했던 온갖 패악질이 생생하게 청와대 본관에서 울려 퍼졌다.

그뿐만이 아니었다. CG미디어에서 한국문인협회에게 했던 검은 제안도 생생하게 플레이되었다. 두 '장씨' 형제의 얼굴이 시뻘겋게 달아올랐다.

녹음 파일이 끝까지 플레이되고 우민이 말했다.

"먼저 문화, 예술계에 만연해 있는 갑질 행태를 근절시켜야 합니다. 마침 당사자분들도 참석해 있으니 직접 대답을 들어 볼 수 있는 좋은 기회가 생겼네요."

입을 꾹 다물고 있던 장완웅이 마이크를 요청했다.

"나중에 다시 알아보고 공식적으로 답변드리겠습니다."

우민은 그저 웃을 뿐이었다.

"하하, 나중에, 아니다, 알아보겠다, 잘 모르겠다, 우리에게 는 익숙한 말들이죠."

약간의 비아냥거림이 섞인 말투.

대통령 남한민이 중재를 할 사이도 없이 우민이 빠르게 말을 이었다.

"그렇게 시간을 끌고, 꼬리를 잘라 애꿎은 사람들이 재판대에 서고, 감방을 가는 게 하루 이틀은 아니니까요."

여전히 마이크를 잡고 있던 장완웅이 침착하게 응수했다.

"이미 조사가 끝난 이야기를 가지고 왈가왈부하고 계시군요. 자칫 명예훼손이 될 수도 있다는 사실을 인지하셔야 할 것 같습니다."

"명예훼손이라… 그렇군요. 여기서는 사실을 말해도 명예훼손이 될 수 있는 거였군요. 오늘 처음 알았습니다."

결국 남한민이 나섰다.

"하하, 작가님. 오늘은 여기까지 하시는 게 좋을 것 같습니다."

그러나 우민은 말을 멈추지 않았다.

"재고, 또 재고, 다시 계획을 세우고, 계산하고. 그렇게 해서는 달라지는 게 없습니다. 지금 바로 해야 합니다. 제가 바라는 건 그겁니다. '지금 바로'. 시간이 흐른 뒤에 만반의 준비를 갖췄다고 생각하는 건 그 사람들뿐입니다. 피해 당사자들에게는 이미 뒷북치기일 뿐입니다."

만찬회장에 정적이 흘렀다. 우민이 천천히 마이크를 내려놓으며 말했다.

"제 저작권이 무수한 불법 다운로더들에게 침해당하고 있습니다. 하지만 법은 그들에게 면죄부를 쥐어주었습니다. 앞으로 국회에 법이 만들어지고, 통과되고, 시행되기까지 얼마나 많은 시간이 걸릴까요? 그사이 이미 침해당한 제 권리는 누가 보상해 줍니까? 저는 이미 유명 인사라 버틸 힘이 있지만 한 달에 100만 원도 벌지 못하는 작가들이 침해당한 권리는 또 누가 보장해 주나요? Nobody. 그게 지금 현실입니다."

우민의 말은 끝났지만 정적이 쉬이 깨어지지 않았다.

차에 타고 있던 김승완이 자신도 모르게 중얼거렸다.

"Nobody라니, 대통령님 앞에서 그렇게 말할 줄은 정말 상상도 못 했습니다."

우민은 청와대에서 했던 말을 반복했다.

"그게 현실이니까요. 저희 '소설닷컴'에 올라와 있는 글들이 텍본이나 스캔본으로 풀린 양은 어마어마했습니다."

"하긴 영화계에도 캠본이나 유출본 때문에 골머리를 썩고 있으니까요."

"그러나 아무도 신경 써주지 않아요. 소액, 법안의 미비, 무관심."

김승완이 우민이 있는 쪽으로 고개를 돌렸다.

"그래도 이렇게까지 하실 필요가……."

공개되지는 않았지만 소송비용만 해도 어마어마할 것이다. 그걸 사비로 대며 소송을 하고, 한 나라의 대통령에게 이렇게까지 어필한다는 게 김승완의 머리로는 이해가 가질 않았다.

"돈은 이제 많이 벌었으니 명성을 얻고 싶어요."

너무 직접적인 말에 김승완이 반문했다.

"네, 네?"

"벼락을 맞거나, 제가 갑자기 마법에 걸려 재능을 빼앗기지 않는 이상 아마 우리나라의 거대 재벌, 그 이상으로 돈을 벌 자신이 있습니다."

우민의 솔직한 말에 김승완이 조용해졌다.

"이제는 명성이 필요합니다."

"아……."

묘하게 수긍되는 말이었다. 어설픈 선의, 정의감을 논했다면 쉬이 믿지 못했을 것이다.

"세상에는 돈으로는 안 되지만 '명성'으로는 되는 일이 있더라고요."

우민의 말은 그걸로 끝이었다.

'그래서 뭘 하려고 그러는데요?'라고 물어보고 싶었지만 무겁게 가라앉은 분위기에 쉽게 말을 꺼낼 수 없었다.

*　　　　*　　　　*

비공개로 진행된 회담이었다. 만찬회장에서 있었던 일은 공식적으로 언론을 통해 흘러나오지는 않았다. 다만 그 자리에 앉아 있던 명사들에게 우민의 이름은 똑똑히 기억되었다.

건방지다.

대담하다.

버르장머리가 없다.

용기 있다.

등등의 상반된 의견이 줄을 이었다. 그러나 장완웅의 의견은 오직 하나였다.

"완전 또라이 새끼 아냐?"

장완석도 쉽게 분을 삭이지 못했다.

"내일 당장 법무 팀 통해서 정식으로 고소장 접수해야 합니다."

생각 없이 말하는 동생을 장완웅이 한심하게 바라보았다.

"고소하면? 그 자리에 있었던 일 다 까발리자고? 그쪽도 맞대응 하면 아마 수년은 족히 걸릴 거다."

"그렇게 말려 죽이면 되잖아요. 자주 사용하던 방식인데 왜……."

법이라는 무기의 가격은 상당히 비싸 누구나 들 수 없다. 그러나 자신들은 다르다. 수년이고, 수십 년이고 마음껏 써먹을 수 있는 재력이 있다.

이미 많이 써먹어 오지 않았던가.

"그쪽은? 그쪽은 돈이 없을 것 같냐? 지금까지 내용증명을 보낸 인원만 만 명을 넘어간다고 알려져 있다. 이제 그 수가 더 많아진다고 했어.”

장완웅의 설명을 이해한 듯 장완석이 굳게 입을 다물었다.

“일본에서만 600만 권이 팔렸고, 지금 중국 시장에서 다른 소설을 연재하고 있는데 공전의 히트를 기록 중이다. 아마 수입이 어마어마할 거야.”

장완웅이 입맛을 다셨다. 처음부터 자신들이 섭외했어야 했다.

저 멍청한 동생 놈만 아니었다면 길이 보였을지도 모르지만 이제는 전부 틀어져 버렸다.

“서, 설마 그 정도일까… 그냥 장마처럼 지나가는 비 아닐까요?”

장완웅은 결국 입 밖으로 내고 말았다.

“멍청한 놈.”

장완석의 얼굴이 썩어 들어갔다.

“……”

“이제는 싹을 밟아놓을 수밖에 없다. ‘배틀 걸’이나 잘 만들어봐. 세계 시장에서 통할 수 있게. 알았어?”

입술을 꽉 깨물고 있던 장완석이 씹어 삼키듯 말했다.

“다, 당연하지. 내 실력 잘 알잖아.”

“잘 아니까 하는 소리다.”

으득.

장완웅은 조용히 이를 갈았다.

'두고 보자. 형, 지금 크게 실수하는 거야.'

장완석이 슬며시 자리에서 일어났다.

"머, 먼저 가볼게."

장완웅이 고개만 까딱거렸다. 밖으로 나가는 장완석의 두 눈에 독기가 뿜어져 나왔다.

*　　　*　　　*

불법 공유된 소설 다운로드 오만 명.

거기에 소설닷컴에서 위임받은 작가들의 고소장까지 합치니 칠만 명을 넘어갔다. 대부분이 한 번 불법 공유를 한 사람이 다른 작품도 공유한 경우가 많았기에 그나마 줄어든 숫자였다.

이제는 다크서클이 턱밑까지 내려온 손석민이 힘없이 중얼거렸다.

"네 말대로 다 했다."

"일본 쪽은요?"

"일본도 만 명 다 채웠어."

합치면 8만 명.

우민이 내용증명을 보낸 숫자였다. 상상하기 힘든 숫자를 채우기 위해 법무 법인에 막대한 비용을 쏟아부었다.

단숨에 VIP 고객이 된 우민을 위해 출판사에 상주하던 전담 변호사가 자세한 설명을 덧붙였다.

"지금까지 합의를 하겠다고 연락이 온 인원이 오천 명가량 됩니다. 추세로 볼 때 더 늘어날 것으로 사료됩니다. 합의금은 예전 이문철 작가 고소 건을 참고해 성인의 경우 백만 원, 미성년자의 경우 오십만 원으로 책정하였습니다."

이미 사전에 안내받은 사실이었다. 어차피 합의금 장사를 위해 시작한 일은 아니었다. 우민은 묵묵히 듣고만 있었다.

"일본의 경우는 좀 다릅니다. 불법으로 번역했다는 하나의 단계가 더 들어갔고, 한국보다 법이 더 강력하다는 점에 착안하여 성인의 경우 이백만 원, 미성년자의 경우 백만 원의 금액을 책정했습니다."

이것도 이미 알고 있던 사실이었다.

"일본의 경우에는 지금까지 4천 명가량이 합의 요청을 해왔습니다. 그렇게 해서 지금까지 모인 합의 금액이 대략 80억입니다."

변호사의 말에 손석민의 입이 떡 벌어졌다.

80억.

지금까지 소송을 진행하며 한일 양국에 지불한 변호사 비용이 대략 60억가량이었다.

단순 손익계산으로만 따져도, 20억이 남는 장사였다. 변호사는 굳이 그 금액을 확인시켜 주었다.

"대략 20억가량이 남습니다. 자세한 비용은 회사에서 계산해 봐야겠지만, 큰 차이는 없을 겁니다."

자리에 앉아 있던 손석민이 혼잣말을 중얼거렸다.

"20억이 남았군요. 20억이 남았어. 자리에 앉아서 아무것도 안 했는데 20억을 벌었어."

"그중 오억은 고생한 회사 사람들을 위해 인센티브로 지급하도록 하죠."

"이, 인센티브? 오, 오억이나?"

"네. 오로지 제 저작권 합의금에서만 빼서 주도록 하세요. 다른 작가분들 합의금은 건들지 마시고요."

"아, 알겠다."

"그리고 나머지 돈을 써야 하는데……."

손석민이 마른침을 삼켰다.

"설마 또 기부할 거냐?"

"아니요. 캠페인을 할 생각이에요."

"뭐?"

"저작권 보호 캠페인을 벌일 겁니다. 저작권 침해 사례를 신고하면 포상금을 지급해 주는 캠페인. 그 재원으로 사용할까 합니다."

처음 듣는 이야기였다. 들어보니 법과 관련된 이야기라 전담 변호사도 귀를 기울였다.

"앞으로 들어오는 합의금, 그리고 법원 판결을 통해 받아낸 보상금을 재원으로 저작권 침해 사실을 알려주는 사람에게 보상금을 지급할 겁니다."

"얼마나?"

"일단은 문화상품권 한두 장 정도 생각하고 있는데, 적자가 나지 않게 하려면 아저씨……."

손석민이 울상으로 변했다.

"나 지금 한 달째 야근 중이다… 응?"

"저작권 보호 재단 형태로 만들어서 수익보다는 기존의 돈을 까먹지 않는 방향으로 운용했으면 해요. 자세한 사항은……."

이번에도 손석민이 우는 소리를 하며 끼어들었다.

"그거 준비하려면 또……."

"사람을 뽑아야 할 겁니다. 이제 곧 영화 촬영도 들어가야 하니 그 일도 준비를……."

손석민이 자리에서 벌떡 일어났다.

"나 지금부터 휴가다. 막지 마."

"하하, 다녀오세요. 사장님이 휴가 가는데 누가 막나요. 다녀와서 잘 좀 부탁드립니다."

일이 산더미였다. 돈도 산더미처럼 들어오는 중이었다. 단지 쓸 시간이 모자랄 뿐이었다.

"그래, 휴가 쓰면 끝이 있는 거였지……."

우민은 본능적으로 손석민이 무슨 생각을 하고 있는지 알아차렸다.

"은퇴는 배신입니다. 여기까지 와서 은퇴라니, 최소한 회사 상장은 시켜놓고 하셔야죠."

"사, 상장?"

"그러면 그저 조그만 동네 출판사로 끝내실 생각이셨습니까?"

"상장이라니, 상장, 상장. 주식시장에 상장하겠다는 말이야?"

충격적인 단어 덕분에 손석민은 다시 자리에 앉았다. 죽어 가던 눈빛에도 생기가 돌았다.

"일단은 코스닥을 목표로, 영화가 잘되면 코스피에 상장할 생각입니다. '떨어진 달' 영화 버전이 전 세계에서 히트 치면 나스닥 상장도 어려운 일은 아닐 겁니다."

"…헐."

"이미 미국, 일본, 중국에 제 이름이 사람들에게 각인되고 있어요. 사람들이 저를 돌아다니는 중견 기업이라 부릅니다."

우민이 말을 이어갈수록 손석민은 요동치는 심장 때문에

정신을 차리기가 힘들었다.

자신이 처음 출판사를 만들었을 때의 꿈.

전 세계에 이름을 날리는 출판사.

코스피를 넘어 나스닥에까지 상장된다면 그건 꿈이 아니라 현실이 된다.

그리고 우민이라면 할 수 있다.

"제가 기둥을 세울 테니 아저씨가 지붕을 만들어주세요. 시스템을 만들고, 신인을 발굴해 100년 뒤에도 이름을 떨치는 출판사. 만들어봐야 할 것 아닙니까."

꿀꺽.

마른침을 삼키는 소리는 다른 곳에서 들려왔다.

'여기서 잘하면 파트너 변호사로 올라서는 건 일도 아니겠어.'

변호사도 결국 서비스 직종. 고객이 없다면 수입도 없다. 우민이 제시하는 비전처럼 W 출판사가 커간다면 자신이 소속되어 있는 법무 법인도 성장할 수 있다.

꿀꺽.

이번에는 한창 교정을 보고 있던 편집자 한 명이 마른침을 삼켰다.

'나는 창업 멤버나 마찬가지잖아. 스톡옵션이라도 받는다면… 대, 대박!'

로또를 맞는 거나 다름없으리라. 교정을 보고 있는 모니터는 눈에 들어오지도 않았다.

다른 직원들도 상황은 마찬가지였다. 한껏 귀를 쫑긋 세운 채 둘의 대화를 엿듣고 있었다.

"하아."

손석민이 얕은 숨을 토했다. 온몸을 감싸는 전율에 숨이 제대로 쉬어지질 않았다. 한숨을 내쉬고 나서야 멈춰 있던 호흡이 다시 원활해졌다.

우민이 물었다.

"어쩌시겠습니까?"

물 수밖에 없는 미끼를 던졌다. 우민의 자신만만해 보이는 표정이 그렇게 얄미워 보일 수가 없었다.

할 수밖에 없을걸?

그렇게 말하고 있는 것 같았다.

"대신 회장은 나다."

"하하, 사장이 회장 되는 거야 당연한 일이죠."

'자신 있지?'라는 질문은 필요 없다.

"뭐부터 하면 되냐?"

그저 행동으로 옮기면 된다. 직원들이 열정적으로 두드리는 키보드 소리가 마치 행진가처럼 들려왔다.

　유례없던 저작권 고소 사건.

　그 이후 합의금을 재원으로 저작권 보호 재단을 설립하겠다는 발표.

　침해 사실을 알려주면 포상금을 지급해 주겠다는 공지까지 일사천리로 진행되었다.

　수십억대의 합의금을 공익을 위해 사용한다는 말에 찬반 양쪽으로 나뉘었던 여론도 한쪽으로 급격히 기울었다.

　천재 작가.

　스타 작가.

　거기에 하나의 수식어가 더해졌다.

　국민 작가 이우민.

　이제는 책에 관심이 없는 사람들도 하나둘씩 알아보는 사람이 생기고 있었다.

　사무실 작가들과 점심을 먹기 위해 들른 식당.

　순댓국집 사장님이 우민을 알아보곤 손을 내밀었다.

　"아우, 이우민 작가님 아닌가?"

　"하하, 맞습니다."

　"어쩐지 눈에 많이 익었다 했어. 내가 이런 사람도 몰라보고 지금까지 그냥 보냈네."

사장님이 연신 우민의 등을 쓰다듬었다. 어색한 우민은 그저 웃을 뿐이었다.

"자네가 일본 놈들 아주 혼 구멍을 내주고, 그 돈을 다 나라에 기부했담서?"

약간의 오해에 우민이 설명을 하려 하자 옆에 있던 전석영이 나섰다.

"하하, 사장님이 아주 정확하게 알고 계시네요. 그렇게 기부한 돈이 자그마치 백억이 넘어요."

"배, 백억?"

"네, 어마어마합니다. 그래서 사람들이 국민 작가라고 부르잖아요."

"대단한 분이었구먼. 나도 여기서 20년 동안 장사하면서 내 생각만 하고 살았는데 이런 젊은이가 그런 일을 하다니. 용해, 아주 용하구먼."

사장님의 오해에 전석영의 과장이 더해지자 우민은 세기에 다시없을 애국자가 되어 있었다.

"그뿐만이 아닙니다. 이제는 국위 선양을 위해서 할리우드 아시죠? 할리우드를 접수하려고 하신다니까요."

"할리우드?"

노년의 사장님도 한 번쯤 들어본 단어에 놀란 기색이 역력했다.

"네, 대한민국에 할리우드를 세울 궁리를 하고 계세요."

"그렇담, 나도 가만히 있을 순 없지. 오늘 국밥값은 받지 않겠네."

"네?"

"그리고 앞으로도 언제든 공짜로 이용하게."

전석영이 회심의 미소를 지으며 말했다.

"저희도요?"

"자네들도 국민 작가가 된 다음에 찾아오면 내 대접하지."

순식간에 시무룩하게 변한 전석영을 보며 작가 그룹 사무실 사람들 사이에 웃음꽃이 피었다.

제4장
크라우드 펀딩

밥을 먹고 아늑한 집처럼 꾸며놓은 작가 그룹 사무실로 돌아오자, 손석민이 김승완과 함께 소파에 앉아 심각한 표정으로 대화를 나누고 있었다.

"하하, 일찍 오셨네요. 3시쯤 만나자고 했던 거 같은데."

짧은 휴식 기간 동안 원기 보충이 되었는지 손석민의 칙칙하던 혈색이 돌아와 있었다.

"할 일이 많은데 빨리빨리 움직여야지."

"맞는 말씀이네요. 그런데 무슨 이야기를 그렇게 심각하게 나누고 계신 겁니까?"

"쉬는 동안 여기 김 감독이랑 미국도 다녀오고, 사람들도 만나면서 대충 제작비 계산을 해봤어……."

잠시 뜸을 들이던 손석민이 말을 이었다.

"처음 네가 말한 대로 천억은 그냥 넘겠더라."

우민이 커피를 한 모금 마시며 맞은편에 앉았다.

"상관없습니다."

"소설에 나오는 세계관을 실제처럼 느끼게 하려면 뉴질랜드에서 대부분의 촬영을 진행해야 해. 거기에 실사에 가까운 그래픽 작업을 위해 세계 최고 수준의 엔지니어들을 고용할 필요가 있어."

우민이 김승완을 바라보았다.

"돈은 얼마가 들어가도 상관없어요. 최고의 작품을 만들어 주기만 하면 됩니다."

김승완도 걱정스럽긴 마찬가지였다.

"작가님, 이게 그렇게 쉽게 생각하실 문제가 아닙니다. 저희가 추산한 내용에 따르면 최소 천억입니다. 진행 과정에서 발생하는 이런저런 비용을 더하면 최대 1,500억까지도 갈 수 있어요."

여전히 우민은 태연하기만 했다.

"단 하나만 기억해 주세요. '역사에 남을 작품을 만들겠다'. 물론 대중들의 사랑을 듬뿍 받아야 합니다."

재차 액수는 생각할 필요가 없다는 말에 손석민이 나섰다.

"천억은 어찌어찌 모은다고 치자. 그럼 남은 오백억, 그에 대한 투자비가 안 들어오면 어떻게 할 생각이냐?"

"당연히 제가 부담할 생각입니다. 마 회장님에게 판권을 팔아 벌어들인 수익에 일본, 한국에서 책을 팔아 벌어들인 돈, 그리고 어릴 적 사둔 부동산이 많이 올랐으니 몇 개 처분하면 되지 않을까 해요."

마치 전 재산을 털어넣을 것 같은 뉘앙스에 손석민은 걱정이 앞섰다.

"우민아, 그렇게 무리하다가 혹시……."

"혹시는 없습니다."

우민의 단호한 말에 김승완이 벌떡 자리에서 일어났다.

"최고의 작품을 뽑아내도록 하겠습니다."

한 모금 더 커피를 마신 우민이 말했다.

"하하, 네. 할리우드를 넘어 전 세계를 한번 뒤흔들어 봐야 하지 않겠습니까?"

옆에 앉아 있던 손석민은 단박에 알 수 있었다.

'이 녀석, 묘하게 사람의 마음을 움직이는 힘이 있어.'

자신에게 '상장'이라는 키워드를 던지며 동기부여를 시켰다. 지금 상황도 비슷했다.

김승완에게 '할리우드'라는 키워드를 던졌다.

반응은 바로 왔다. 김승완의 얼굴이 약간 상기되며 두근거리는 마음을 감추지 못하는 듯 보였다.

　방으로 돌아온 우민은 바로 컴퓨터 앞에 앉았다.

　떨어진 달(각본).

　우민이 하고 있는 각본 작업도 이제 슬슬 마무리 단계에 들어서는 중이었다.

　'마무리는 다음 편이 궁금하도록 해야겠지.'

　떨어진 달은 총 7권으로 기획되었다. 그게 제1편이 되고, 다음 장이 8권으로 기획하고 있는 '두개의 달'. 같은 세계관을 공유하고, 이야기 역시 이어지도록 기획되어 있었다.

　'주인공이 악당을 물리치지만 그 배후에는 더 큰 힘을 지닌 세력이 있었다.'

　어쩌면 전형적인 클리셰일 수도 있는 점입가경의 형태. 그러나 널린 게 떡볶이 집이어도 주인의 손에 따라 줄을 서야 하는 맛집이 된다.

　'전형적이라는 건 익숙함. 공부하면서 영화를 보고 싶지는 않을 테니까.'

　우민이 소설을 쓰는 기준의 하나였다. 그 기준은 영화에도 고스란히 적용되는 중이었다.

　'앞으로 일주일만 더 손보면 되겠어.'

이미 초안은 완성해 두었다. 천억이 넘는 돈이 들어가다 보니 우민은 각본에 특별히 신경 썼다.

러닝타임. 제작 여건을 고려한 장면 구상 등등.

퇴고를 하며 고치고 또 고치는 중이었다.

'마침표 하나 버릴 게 없을 때까지.'

심혈을 기울였다. 지금껏 써낸 작품들 중에서 가장 많은 공을 들였다.

'이걸로, 세계 무대에서 완전히 입지를 다지자.'

또다시 우민이 집중을 시작했고, 해가 떨어질 때까지 자리에서 일어나지 않았다.

*　　　　　*　　　　　*

"W 출판사에서 투자자를 모집하고 있다는 말이지?"

"그렇습니다. 충무로가 근래 그걸로 아주 뜨겁습니다. 그런데 그 규모가 엄청납니다."

"얼만데?"

"천억, 그 이상입니다."

"흐… 음."

장완웅이 침음성을 흘렸다.

"회장님도 아실 겁니다. 지금까지 한국에서 가장 많은 제작비가 투입된 게 500억입니다. 천억이면 그 두 배, 어쩌면 세 배가 넘어갈 수도 있다는 말이 들리고 있습니다."

"그 정도 액수를 투자할 사람이 있을까?"

"한 번에 천억을 집행하는 곳은 없어도, 이우민 작가의 이름값 덕분인지, 조금씩 모이기는 하고 있습니다."

"그래서 얼마를 모았는데?"

비서가 대답하려는 찰나 벌컥 회장실 문이 열렸다. 뒤따라 들어온 여비서가 말렸지만 소용없었다.

"형, 소식 들었어? '떨어진 달' 제작비."

"지금 듣고 있는 참이다."

"나는?"

장완웅이 콧방귀를 뀌며 말했다.

"너는 뭐."

"배틀 걸도 실사 같은 그래픽에만 많은 돈이 투입돼. 거기에 주연배우를 지금이라도 할리우드 유명 배우로 바꾸면 미국 시장에 진출하기도 쉽고……."

장완웅이 솥뚜껑 같은 손바닥으로 책상을 후려쳤다.

타앙.

앞에서 보고를 하던 비서가 움찔거리며 한 발 물러났다.

"그러니 제작비를 올리자?"

끄덕.

장완석이 고개를 끄덕였다. 장완웅이 비서를 보며 말했다.

"얼마라고?"

"지금까지 50억 정도 모은 것으로 파악하고 있습니다."

"알았어. 나가봐."

보고를 마친 비서가 조용히 문을 닫고 나갔다. 장완석이 빠르게 말했다.

"나도 이제 한국에서 천만 감독이야. 이제 세계 무대를 봐도 된다고."

"그래서 얼마로 올리자고?"

"600억."

"하아……."

장완웅이 긴 한숨을 내쉬었다. 장완석은 그 앞에서 열변을 토했다.

"알아보니까 지금까지 최고 제작비가 500억이더라고, '떨어진 달'만큼은 바라지도 않아. 그래도 두 번째 정도는 돼야지."

듣고 있던 장완웅이 하품을 했다.

"흐아암."

장완석은 그에 굴하지 않았다.

"실망시키지 않을게, 할리우드에서도 통하는 작품으로 만들수 있어. 정말이야."

"개소리 다했냐?"

"……."

"정말 네 힘으로 천만 감독이 되었다고 생각하는 건 아니겠지?"

"그, 그거야……."

"내가 만들어준 거다. 상영관을 잡고 놓아주지 않았고, 다른 영화들 개봉을 잠시 늦추었어. 그렇게 들어간 비용이 얼마인지 알아?"

또다시 침묵.

장완석이 입을 꾹 다물었다.

"관객은 천만이지만 수익은 0원이었다. 회사 차원에서 보면 오히려 마이너스지. 그동안 상영관을 놀렸으니."

장완웅의 목소리가 점점 올라갔다.

"그런데 뭐 600억? 600억이 애 이름이냐?"

"아니, 투자사들한테 조금씩 모으면 회사 돈은 별로 안 써도……."

이제는 구구절절 설명하는 것도 지쳤다. 장완웅은 딱 한마디만 남겼다.

"신뢰도 돈이다."

결국 너는 신뢰가 없다, 즉 '능력이 없다'는 말과 같은 뜻이었다.

장완석이 입술을 꽉 깨물었다.

"할 말 없으면 나가봐."

"아, 알았어."

뒤돌아선 장완석의 입술에서 살짝 붉은빛이 돌았다.

'그래, 형은 원래 이런 사람이었어.'

이제는 분노도 일지 않았다.

＊　　　　＊　　　　＊

손석민이 자리에 앉아 검지로 책상을 두드렸다.

'이제 겨우 200억. 이대로라면 1,000억은 턱도 없겠어.'

그나마 약속받은 200억도 이우민이라는 이름값 덕분이었다. 하지만 거기까지가 한계였다.

'이걸 어떻게 해결한다……'

벌컥.

사장실 문이 열리며 우민이 들어왔다.

"이제 200억쯤 모였다고요?"

"그래, 이제 겨우 20%. 천억이 쉽지가 않아."

"그렇겠죠. 천억이면 한국 영화판에서 수십 편을 제작할 수도 있는 돈인데."

"휴우."

손석민이 한숨을 내쉬었다. 우민은 여전히 웃기만 했다.

"저도 곰곰이 생각을 해봤는데 들어보실래요?"

"그 전에 내가 묻고 싶다. 정말 할리우드에서는 투자 안 받을 거냐? 넷링크에서 투자하고 싶다며 먼저 연락이 왔어."

"이미 말씀드렸잖아요. 쉬운 길로 가지 않겠다고."

"휴우, 고집도 참."

손석민의 한숨이 깊어졌다.

"한국에서 일으킬 겁니다. 그래야 제 이름이 더욱 각인될 거예요."

"알았다, 알았어. 그래서 하려는 이야기가……."

손석민이 자세를 고쳐 잡았다. 맞은편에 자리 잡은 우민이 앞에 놓여 있던 차를 한 잔 마셨다.

"크라우드 펀딩."

"크라우드 펀딩?"

"네, 크라우드 펀딩으로 제작비를 투자받는 겁니다."

우민은 영화 제작 펀딩 관련 사이트 주소까지 적어왔다. 손석민이 들어가 확인해 보니 정말 몇몇 영화들이 올라가 있었고, 펀딩에 성공한 영화도 존재했다.

뒤이어 방으로 들어온 김승완도 아는 눈치였다.

"몇몇 저예산 영화들이 크라우드 펀딩이란 걸 통해 제작된다는 말을 들어보기는 했습니다. 실제 개봉된 경우도 있고요. 그래도 천억을 모으려면 십만 원씩 낸다고 해도 백만 명이 필요합니다."

"백만 명이면 얼마 되지도 않는군요."

"우민아, 우리나라에서 천만 관객이 들면 초대박으로 친다. 백만 명이면 그중 10%야. 그 사람들이 10만 원씩을 내야 한다는 말이다."

손석민은 빠르게 말을 이었다.

"개인당 10만 원을 넣는 것도 큰 액수다. 더 적은 액수를 넣으면 더 많은 사람들이 필요해."

우민은 무슨 생각인지 여전히 웃을 뿐이었다.

"더 많은 사람이 모인다면… 국민의, 국민에 의한, 국민을 위한, 국민 영화가 탄생하겠네요."

"그렇기야… 하겠지만."

"그 타이틀을 얻기 위해서라도 꼭 크라우드 펀딩으로 진행해야겠어요."

이미 말릴 수 있는 단계를 지났다고 생각한 둘은 그저 우민을 바라보기만 했다. 언제나 그랬듯이 이번에도 잘될 거라 믿을 수밖에 없었다.

*   *   *

말쑥하게 정장을 차려입은 손석민이 우민의 옆에 앉아 있었다. 그 옆에 앉아 있는 김승완도 최대한 격식을 차린 모습이었다.

떨어진 달. 영화 제작 발표회가 열리는 S호텔.

정확히 장완석 감독이 제작 발표회를 했던 곳에 우민이 앉아 있었다.

방금 전 우민이 한 말 때문인지. 기자들 사이에 정적이 흘렀다. 누군가 용기 있게 손을 들고 말했다.

"1억 3천만 달러를 예상한다고 하셨는데 그러면 한국 돈으로 천오백억을 투입하신다는 말로 이해해도 되는 겁니까?"

지금까지 한국 영화에서 가장 많은 제작비가 투입되었다고 알려진 영화도 오백억을 넘지 않았다. 그 세 배가 넘는 규모에 사람들은 떡 벌어진 입을 다물지 못했다.

"맞습니다. '떨어진 달'은 판타지 영화입니다. 세상에 없는 세계를 표현하기 위해 그 정도 투자는 필요할 거라는 게 여기 감독님 이하 관련자들의 생각입니다."

"투자금을 모으는 일이 쉽지 않을 텐데요. 외국 자본의 투자가 이미 약속된 건가요?"

"상당 부분 제 사비를 들여 제작할 겁니다. 그리고 국민 여러분께도 한국에서 탄생할 초대형 블록버스터 영화에 투자할 기회를 드리기 위해… 크라우드 펀딩을 동시 진행할 생각입니다."

기자들의 웅성거림은 커져만 갔다.

*   *   *

손석민이 긴 한숨을 내쉬었다.

"휴우."

액수가 크다 보니, 업체를 섭외하는 일만 해도 쉽지 않았다. 수수료로 1%를 떼어준다고 해도 10억. 너무 큰 액수에 영업력을 발휘하여 0.1%의 수수료로 합의를 보았다.

"정말 운영을 맡기지 않았으면 서버가 바로 터졌겠어."

수수료를 0.1%로 하는 대신 운영을 도와주겠다고 했다. 다행히 평소 접속자의 수십 배에 달하는 사람들이 사이트에 접속했지만 실리콘밸리 최고의 기술자가 담당하는 이상, 사이트에 접속이 되지 않는 경우는 생기지 않았다.

"일 접속자 5만 명 돌파에 일주일 만에 50억이 모인 거면 가능성이 있는 건가… 없는 건가."

가늠이 잘되지 않았다. 성공할 것인가, 실패할 것인가. 만약 실패한다면… 또 어떻게 해야 할 것인가. 머릿속이 복잡했다.

"이 자식은 분명 아무 일도 없다는 듯이 평소처럼 생활하고 있겠지."

일어났다, 앉았다, 사무실을 돌아다니기를 몇 차례 해보았지만 방법은 잘 생각나지 않았고, 떨리는 마음은 진정되질 않았다.

"이게 성공해야 영화를 제작할 수 있고, 영화가 성공해야 상장을 할 수 있는데……."

상장.

이라는 두 글자는 생각만으로도 심장을 두근거리게 만들었다. 무조건 되게 만들겠다는 의지가 불타올랐다.

"제작 발표회에서 크게 한 방이 터지기만을 기대해야 하나."

언제나 그랬다. 우민이 하는 기자회견이 조용히 넘어간 적은 단 한 번도 없었다.

기자회견이 끝날 때쯤에는 언제나 손발이 땀으로 흠뻑 젖어 있었다.

이번에도 그렇게 된다면… 천억.

왠지 가능할 것만 같았다.

*   *   *

크라우드 펀딩.

자금이 없는 사람들이 해당 프로젝트를 인터넷에 공개하고 불특정 다수로부터 자금을 모으는 걸 뜻한다.

천억이 넘는 돈을 크라우드 펀딩으로 모은다? 기자들은 자신들의 귀를 의심했다.

"인당 만 원씩 계산했을 때 천만 명이 돈을 내야 한다는 계산이 나옵니다. 한국 영화계에서 천만을 끌어모은 영화 자체가 희귀한 마당에 정말 가능할 거라 생각하시는 겁니까?"

"영화표 한 장에 만 원쯤 하니, 미리 표를 구매하시는 거라 생각하시면 될 것 같습니다."

"투자하겠다는 외국 자본도 많은 걸로 알고 있는데요. 굳이 이런 어려운 길을 택하는 이유가 있을까요?"

"한국 문화 예술계의 한 단계 도약을 위해서입니다. 우리나라 초대형 블록버스터 영화의 시초로 만들어, 미국의 할리우드, 인도의 발리우드, 그리고 한국의 충무로가 세계인들의 머릿속에 각인되도록 할 겁니다. 아! 그리고 펀드에 참여하시는 분들이 결코 손해 보시는 건 아닐 겁니다. 펀드에 참여해 주신 모든 분들께는 제가 각색한 영화 각본을 양장본으로 만들어 제공해 드릴 예정입니다."

기자들은 아직도 믿기지가 않는지 재차 물었다.

"그러면 제작비는 정말 작가님의 사재와 크라우드 펀딩을 통해 모집된 금액으로만 제작되는 겁니까?"

"맞습니다. 국민의, 국민에 의한, 국민을 위한, 국민 영화 한 번 만들어보려고 합니다. 여러분들의 많은 호응 부탁드리겠습니다."

옆자리에 앉아 있던 손석민은 생각했다.

'아직까지 큰 거 한 방이 안 터졌는데… 이대로라면 이슈몰이가 부족할지도……'

김승완은 미친 듯이 터지는 플래시 세례에 눈이 아려왔다. 그 가운데서도 누군가 자신을 주시하고 있다는 걸 똑똑히 느꼈다.

'장완석 감독?'

그가 불타는 듯한 시선으로 자신을 보고 있었다.

'저 사람이 여긴 왜……'

자세히 보고 있으니, 자신보다는 이우민 작가 쪽을 보고 있다. 두 눈에 독기가 가득했다.

'청와대 일 때문인가.'

그러나 장완석의 생각은 달랐다.

'크라우드 펀딩? 푸하하, 웃기지도 않아서, 제 발로 망하겠다는 뜻인가.'

자신도 이름쯤은 한번 들어보았다. 대부분이 제작비를 구하지 못한 영화들이 어쩔 수 없이 기대는 선택지였다.

'천억을 구하는 일이 쉽지 않았겠지. 10억씩 투자할 수 있는 회사를 100개는 구해야 하니… 후후, 그래서 생각한 게 고작 그거냐?'

비웃음이 비집고 흘러나왔다.

'푸하하하, 이제 제작도 하지 못하고 망하는 걸 지켜보기만 하면 되는 건가.'

그래도 약간 아쉽기는 했다. 김승완 저 새끼가 만든 영화를 마음껏 비웃으며 씹어줄 기회가 사라져 버렸다.

'더 이상 볼 것도 없겠어.'

무슨 이야기를 할지 궁금해서 와보았건만, 더 이상 들을 이야기가 없었다. 장완석이 몸을 돌렸다.

기자들의 질문은 대동소이했지만 우민은 성심껏 답해 나갔다.

"한국에서도 이런 초대형 블록버스터 영화가 만들어질 수 있다는 사실을 증명하기 위해서입니다."

제작 발표회가 길어지자 손석민이 나섰다.

"그럼 마지막 질문 받겠습니다."

번쩍.

아직도 궁금한 게 많은지 대부분의 기자들이 손을 들었다.

사회자가 한 기자를 지목했다.

"안녕하세요. 위클리 무비의 진영민 기자입니다. 질문드리겠습니다. 일각에서는 작가님의 공식적인 발언들이 너무 대중 영합주의 아니냐는 비판이 있는데요. 이번 크라우드 펀딩을 내세우면서도 마치 대놓고 '영화를 통해 애국할 테니 도와달라' 이런 식으로 들릴 수도 있다는 의견들이 있는데 이에 대해서는 어떻게 생각하십니까?"

지금까지와는 결을 달리하는 질문이었다. 비판과 비난의 애매한 경계선에 걸쳐 있는 질문이었다.

손석민은 두 손을 맞잡고 기도했다.

'제발……'

공격적인 질문에 카운터펀치를 날리길 빌었다. 이건 하늘이 주신 기회였다.

우민의 발언 내용에 따라 엄청난 이슈화로 꿈에 한발 다가갈 수도, 한발 멀어질 수도 있었다.

마이크를 잡은 우민이 입을 열었다.

"여러분들도 아시다시피 저는 모범 납세자입니다. 일부 언론을 통해 흘러나갔다시피 제 절세 방법은 오직 하나 기부. 그렇게 기부금을 제하고 내는 세금이 너무 많아 현재 개인 소득자들 중에서 당당히 1등을 기록하고 있습니다."

담담한 우민의 말에 사람들이 귀를 기울였다.

"기부, 그리고 세금. 그 돈만 모았어도 진작 영화를 제작했을 겁니다. 그런 제가 굳이 기자님의 질문처럼 행동할 필요가 있을까요?"

진심은 말로는 통하지 않는다. 오로지 하나, 행동을 보여줬을 때 사람들은 상대의 진심을 느끼게 된다. 우민은 지금까지 행동으로 보여주었다. 우민은 그걸 믿고 대답을 이어나갔다.

"어떻게 해도 진실을 왜곡하는 사람들은 있지만, 세상에 진실은 오직 하나입니다. 뭐, 저보다 기자님이 더 잘 아실 겁니다."

손석민은 약간 아쉬웠다. 생각보다 조용히 끝났다. 뭔가 2% 부족했다. 우민이 이 정도로 끝낼 아이가 아니다.

사회자가 제작 발표회의 끝을 알리기 위해 입을 열었다.

손석민의 생각이 맞았다.

그 순간.

우민이 한발 빠르게 말했다.

"하하, 아니면 모르실려나, 요즘은 기사도 돈으로 쓰는 시대라?"

손석민이 두 눈을 질끈 감았다.

'예스! 됐다.'

이 정도면 내일 신문 헤드라인은 예약한 거나 마찬가지다. 함께 있던 김승완이 마른침을 꿀꺽 삼켰다.

'저, 저래도 되는 건가······.'

손석민이 황급히 손을 흔들자 사회자가 잽싸게 마무리를 지었다. 돌아가라던 장완석도 뒤를 돌아 우민을 바라보았다.

'저거 완전··· 미친놈이잖아.'

어쩌면 자신이 걸려도 단단히 잘못 걸렸다는 생각을 지울

수가 없었다.

　손석민이 우민을 거의 끌다시피 회견장 밖으로 데리고 나
갔다. 기자들이 따라올까 급히 차에 태우고, 기사에게 말해
차를 출발시켰다.

　"너, 너! 너……."

　놀람, 분노, 체념이 세 마디에 전부 담겨 있었다. 이번에도
우민은 태연했다.

　"내일 기사 제목이 떠오르네요. '이우민 작가, 오만함의 끝
을 보여주다', '그가 가진 건 자신감이 아니라 건방짐이었다',
'어린 천재, 인성은 범재'. 흐음… 생각해 보니 영화 얘기는 한
마디도 안 나오겠는데."

　"역시 이번에도 내 기대를 저버리지 않았어!"

　"앞으로 더욱 가열하게 진행될 취재진의 괴롭힘 정도가 또
문제가 되겠네요."

　"잘했다. 아주 잘했어."

　우민도, 김승완도 어리둥절한 표정으로 손석민을 바라보았
다.

　"그렇지 않아도 크라우드 펀딩 사이트에 사람을 어떻게 모
아야 하나 고민이었는데 오늘 한 방으로 어그로 확실히 끌었
다."

김승완이 인상을 찌푸리며 말했다.

"작가님, 언론에 집중포화를 당할 겁니다. 사돈의 팔촌까지 탈탈 털어 흠집을 내려 할 거예요."

"하하, 제발 그랬으면 좋겠네요."

"네?"

"저는 자신 있습니다. 먼지 한 톨 나오지 않을 겁니다. 기자들이 저를 파고들면 들수록 이슈가 될 테고 아저씨 말대로 사이트에 유입되는 사람들이 많아지고, 결국 영화 제작비가 모이게 되는 결과가 될 테니까요."

우민은 물끄러미 손석민을 바라보았다.

"나, 나도 자신 있어, 인마. 네가 귀에 못이 박히도록 말해서 세금 문제 하나만큼은 깔끔하다."

"물론 저는 아저씨를 믿어요."

"흠, 흠흠."

손석민이 연신 헛기침을 해댔다. 김승완은 입맛을 다셨다. 아직 이들을 겪은 지 얼마 되지 않아서일까, 여전히 이해되지 않는 일이 가득했다.

*　　　　*　　　　*

우민의 예상과 크게 다르지 않았다. 자극적인 제목을 단 기사들이 하루 종일 언론을 통해 쏟아져 나왔다.

신문 1면을 차지한 건 물론이거니와 각종 방송에서도 우민을 뉴스의 한 꼭지로 다루었다.

—안녕하십니까. 9시 뉴스 김영진입니다. 오늘 이우민 작가의 제작 발표회 발언으로 인해 기자들의 명예가 훼손 당했다며 기자 협회에서 공식적인 사과를 요청하는 성명 문을 발표했습니다.

—사건은 진화될 줄을 모르고 커져만 가는 가운데 이 우민 작가는 여전히 공식적인 입장을 내놓지 않고 있습니다.

9시 뉴스에서도 다룰 정도로 사건은 확대되었지만 우민은 태연자약하기만 했다.

"작가님, 진짜 괜찮으세요? 지금 인터넷만이 아니라 방송에서 흘러나오는 뉴스들이 꽤나 살벌한데……."

"대신 돈으로도 못 살 홍보 효과를 누리고 있잖아요."

인터넷을 통해 올라오는 기사.

거기에 달린 연관 검색어 크라우드 펀딩.

사이트에 매일 접속하는 숫자가 이십만 명이 넘어갔다. 실리콘밸리 최고의 개발자가 운영을 맡지 않았다면 금세 다운됐

으리라.

"그럼… 노이즈 마케팅인가요?"

"여론을 살펴보면 반대의 이야기도 쏟아져 나오고 있어요. 일명 기레기. 언론이 제 역할을 제대로 하지 못하고 있다는 뜻이죠. 제 발언을 사이다라 생각하는 사람도 많습니다."

함께 앉아 있던 송민영이 코끝을 찡긋거렸다.

"아무리 그래도 기자들에게… 그렇게 직접적으로 말씀하시는 건… 보기 불편해하는 사람들도 많아요. 공식적인 입장 발표를 하시는 게……."

송민영의 설득은 씨알도 먹히지 않았다.

"제가 잘 보여야 할 건 기자들이 아니라 대중들이에요. 그건 앞으로도 변하지 않을 겁니다."

우민의 말에 작가 그룹 사무실 사람들이 침묵하는 가운데 손석민으로부터 문자가 하나 도착했다.

—100억 돌파. 가보자!!

지금껏 최고 금액 5억을 넘은 적이 없는 영화 제작 크라우드 펀딩이 100억을 돌파했다는 연락이었다.

*　　　*　　　*

우민에게 질문을 했던 기자인 위클리 무비의 진영민이 술 잔을 부딪치며 환하게 웃어 보였다.

"하하하, 바로 발끈해서 헛소리를 나불대는 게 영락없이 혈기 왕성한 젊은이였습니다."

앞에서 술 상대를 하고 있는 건 CG미디어의 홍보 팀 과장. 연신 술을 따르며 비위를 맞추는 데 여념이 없었다.

"기자님의 예리한 질문 덕분 아니겠습니까."

"하하하하, 저야 뭐, 국민의 알 권리를 위해 기자의 본분을 다할 뿐입니다."

진영민은 기분이 좋은지 웃음을 멈추지 않았다. 홍보 팀 과장이 웨이터에게 눈짓했다. 문이 열리고 가슴이 훤히 드러나 보이는 옷을 입은 여자들이 줄줄이 들어왔다.

"고생 많으십니다. 오늘 여기서 스트레스 확 날려 버리십시오."

홍보 팀 과장의 말이 끝나길 기다렸다는 듯이 진영민의 양 옆에 여자들이 앉았다.

진영민이 한 손으로 여자의 허벅지를 쓰다듬으며 말했다.

"한잔하시죠!"

쨍그랑.

잔이 부딪치고, 홍보 팀 과장이 양주를 한입에 털어 넣었다. 진한 위스키 향이 식도를 타고 올라왔다.

절로 인상이 찌푸려졌다.

"하하, 제 잔도 한 잔 받으시죠."

주거니 받거니, 술이 오갔고 술자리를 밤늦도록 계속되었다.

다음 날.

지친 표정의 홍보 팀 과장이 회의실에 앉아 있었다.

"확실히 전해줬어?"

"네, 다른 기자들에게도 취재비 하라고 뿌렸으니까 한동안 비방 기사는 끝없이 나올 겁니다."

"추적 기사는?"

"그것도 진행하고 있다고 했습니다. 언론사가 가진 정보망이 상당할 테니, 뭐가 걸려도 하나 걸릴 겁니다."

"지금 위에서도 난리인 거 알지? 회사 자체적으로 필터링해도 나오는 게 없다고, VIP 성화가 대단해."

과장은 울렁거리는 속을 진정시키려 두 눈을 질끈 감았다 떴다. 등 뒤에서 아까부터 식은땀이 흘러내리고 있었다. 어서 화장실로 달려가 속에 있는 토사물을 게워내고 싶을 뿐이었다.

그래도 대답해야 했다.

"명심하겠습니다."

"그래, 이번 일만 잘 끝나면 신경 써줄 테니까 걱정하지 말고."

홍보 팀 부장이 과장의 어깨를 툭툭 두드리더니 자리에서 일어났다. 뒤따라 자리에서 일어난 과장은 손을 입으로 막은 채 화장실로 달려가기 바빴다.

＊　　　＊　　　＊

<어려운 가정 환경 속 돈에 대한 집착이 만들어낸 괴물 작가>

<사채 빚에 시달린 기억. 세상에 대한 불신으로 나타나다>

<벼는 익을수록 고개를 숙인다. 그에게 고개를 숙인다는 건 불가능해 보인다>

자극적인 제목들을 달고 나온 기사는 우민의 과거 중 특히 어려운 시절을 집중 조명했다.

성공을 하고 나서부터는 우민이 내뱉었던, 건방질 수도 있는 말들을 나열하며 마치 오만방자함의 끝판왕인 양 포장했다. 작가 사무실의 분위기도 자연히 침울할 수밖에 없었다.

"'사채 빚에 시달린 기억. 세상에 대한 불신으로 나타나다'.

작가님, 오늘 제목도 장난 아니네요."

"사람들 관심 끄는 데는 기자들도 개인 방송 BJ들 못지않군요."

여전히 우민은 태연했다. 전혀 흔들림 없는 모습이었다.

"기자 협회에서 명예훼손으로 검찰에 고소한다는 소식은 들으셨어요?"

"아저씨가 어제 문자로 알려주더군요."

함께 있던 카타리나도 어쩐지 태연해 보였다.

"너를? 고소해?"

"네가 좀 대신 막아줄래?"

"내가 왜. 어차피 네가 이길 거잖아."

걱정이 가득하던 시우란은 카타리나의 반응에 두 눈을 반짝였다.

"멍청한 기자들이군요. 은공님께 반기를 들다니."

기가 찬 송민영이 헛웃음을 터뜨렸다. 전석영이 아랑곳하지 않고 물었다.

"어제는 순댓국집 사장님도 정말 작가님이 그런 분이냐고 물어보셨어요. 정론지의 위력이 그 정도예요. 아직 언론에서 떠드는 게 사실이라 믿는 사람이 많다고요."

우민은 그저 작게 고개만 저었다.

"아직 부족해요. 저는 언론을 더 화나게 할 겁니다."

송민영도, 전석영도 놀라움에 두 눈을 동그랗게 떴다.

"네?"

"지금 나온 기사들의 특징이 뭔지 아세요?"

우민의 질문에 답하는 사람은 없었다.

"절 까내리려 하지만 결정적인 한 방이 없습니다. 과거 제가 처했던 환경, 맥락들을 알면 흠이 아니라 수용 가능한 일들밖에 없어요."

우민이 자신을 걱정하는 작가 그룹 사무실 사람들을 하나하나 찬찬히 살펴보았다.

"노벨상을 운운했던 것도, 수많은 사람들을 고소했던 사건도 어느 것 하나 순리에 어긋나게 처리했던 일은 없습니다."

우민이 말을 잠시 멈추고 핸드폰의 문자 하나를 보여주었다. 거기에는 손석민으로부터 도착한 문자가 찍혀 있었다.

—250억 돌파. 정말 갈 수 있을 것도 같다.

"언론에서 말하는 것처럼 제가 그렇게 죽일 놈이라면 크라우드 펀딩에 돈이 모이지 말았어야죠."

우민의 말에 사람들은 더 이상 토를 달지 않았다.

＊　　　＊　　　＊

위클리 무비.

영화를 좋아하는 사람들 대부분이 구독하고, 영화를 좋아하지 않는 사람들도 이름은 한 번쯤 들어봤을 법한 정론지 J일보 산하 영화 관련 잡지였다.

위클리 무비 사무실에서 진영민은 후배 기자가 들고 온 자료를 살펴보았다.

"이야, 이놈은 뭐 파도 파도… 미담밖에 안 나오냐."

"아무래도 그냥 의혹 제기를 하는 방향으로 가는 수밖에 없을 것 같죠?"

"그래야겠어. 이거 그대로 내보냈다가는 오히려 내가 욕먹겠어."

자리에서 일어난 진영민이 앞에 놓여 있는 칠판 앞으로 다가갔다.

이우민 8세: 미래초등학교 입학. 남일원 만남.

이우민 9세: 드라마 '달동네 아이들' 집필.

…

이우민 20세: 개인 배낭여행. 아프리카, 중국, 일본, 유럽 등지를 돌아다님.

칠판에는 지금까지 우민의 행적에 대해 연도별로 나열되어 있었다. 함께 칠판을 보고 있던 후배 기자가 말했다.

"배낭여행을 떠났던 시기에 여자 문제나, 술, 마약 뭐든 하나 나올 법했는데… 신기하군요. 예술 하는 사람이 돈이 많아지면 원래 퇴폐적으로 놀게 마련인데."

"그 원래에 해당하지 않는 친구인가 보지. 우리야 취재비 받은 만큼만 일해주면 되는 거 아니겠어."

"그러면 아무래도 멕시코가 가장 좋을 것 같습니다. 마약을 하지는 않았지만 관련이 있었으니까요."

자리에서 일어난 후배 기자가 칠판에 붙어 있는 지도의 한 부분을 찍었다.

멕시코, 여행 도중 마약 카르텔 조직원, 저학년 청년들을 대상으로 문맹 해결 및 글쓰기 교습.

진영민은 다른 곳으로 눈을 돌렸다.

"아니면 중동 쪽은 어떨까? 요즘 테러가 이슈니까 말이야."

진영민은 펼쳐진 지도에서 터키와 시리아 국경 부분을 손으로 짚었다. 거기에도 쪽지 하나가 붙어 있었다.

시리아 접경 지역에서 테러 피난민을 대상으로 구호 활동.

아이들을 주인공으로 하는 동화 집필. 수익을 통해 재단 설립.

"테러는 아무래도 우리 국민들한테 와닿지 않으니까 마약이 낫지 않겠습니까?"

"흐음……."

"그런데 정말 괜찮을까요? 의혹 제기를 했다가 사실이 밝혀지면 저희 사표 써야 하는 거 아닙니까?"

"야, 내가 말했잖아. 만약 그렇게 된다고 해도 CG미디어에서 뽑아주기로 했어. 세상은 어차피 줄이야. 평생 영화배우 뒤꽁무니나 쫓아다니면서 종칠래?"

"그래도… 이건 뭐, 위인을 건드리는 것 같아서 솔직히 좀 걱정됩니다. 이 정도 행적이 지금까지 알려지지 않았다는 것도 수상하고요."

"우리는 굿이나 보고 떡이나 먹으면 되는 거야. 어쩌면 또 모르지, 우리가 제기한 의혹이 촉매제가 되어 실상이 밝혀지는 계기가 될지. 그러면 오히려 이우민이 우리한테 고마워해야 되는 거야."

쩝.

후배 기자가 입맛을 다셨다.

"그렇게 걱정되면 제목은 이렇게 가자. '마약, 예술가들에게 떼어낼 수 없는 유혹인가'. 거기에 L 모 작가라고 이름 넣으면 나머지는 네티즌들이 알아서 퍼뜨려 줄 거야."

그래도 걱정을 놓지 못하는 후배 기자에게 진영민이 말을 이었다.

"만약 그러다가 우리가 욕먹으면 CG미디어에 자리 마련해 달라고 하면 되지. 정말 최후의 수단으로 CG미디어에서도 뒤통수 때리면 정정 기사 때리고 지금까지 알아낸 거 보도하면 돼. 이 정도면 특종감이다. 데스크에서도 별말 없이 다시 받아줄 거야."

툭.

진영민이 후배 기자에게 봉투 하나를 던졌다.

"두둑하긴 하네요."

"그러니까 걱정하지 마라. 형이 다 알아서 할 테니까."

진영민의 설득에 후배 기자도 결국 고개를 끄덕였다. 자신이 생각해도 지금까지 둘이 밝혀낸 이우민의 여행 행적은 둘이 저지른 잘못을 덮고도 남을 특종감이었다.

*　　　　　*　　　　　*

〈마약, 예술가들에게 떼어낼 수 없는 유혹인가〉

위클리 무비라는 주간지 표지를 장식한 기사 제목이었다. 서점에서 잡지를 집어 든 김승완의 안색이 순식간에 창백해졌다.

'설마……'

하는 불안감을 가지고 첫 장을 넘겨보았다. 첫 구절부터 나오는 L 모 작가.

연예인만큼의 인지도를 가지고 있는 이우민 작가를 떠올릴 수밖에 없었다.

그건 자신만의 생각이 아닌 것 같았다.

"뭐야, 이거. 이우민 이야기 아냐?"

"와, 대박. 마약 했네. 했어."

"하긴 미국에서 생활했으니까. 대마 정도는 기본으로 하지 않았을까."

"여기 보면 무슨 코카인도 했다는 것 같은데."

"완전 인쓰네, 인쓰(인간쓰레기). 혼자 깨끗한 척은 다 하더니."

"하여간 이쪽 세계는 겉으로만 봐서는 모른다니까."

김승완은 서둘러 서점을 빠져나와 W 출판사로 달려갔다. 출판사에 도착하니 이미 손석민이 해당 잡지를 보고 있었다.

"사장님, 보셨어요? L 모 작가라고 하긴 했지만 누가 봐도 이우민 작가를 가리키는 말이잖아요."

툭.

손석민이 들고 있던 잡지를 떨어뜨렸다. 이미 연락이 닿았는지 뒤이어 사무실 안으로 우민이 들어왔다.

"이제는 하다 하다 마약까지, 정말 노답 잡지사네요."

"우민아, 너 설마 정말 그런 건 아니지?"

"사실과 거짓이 교묘하게 섞여 있어요. 멕시코에 간 건 사실입니다. 거기에서 마약 카르텔에 속해 있는 조직원들을 만난 것도 사실이에요."

잡지에 나온 그대로.

손석민이 털썩 자리에 주저앉았다. 김승완의 입이 떡 벌어졌다.

마약 카르텔이라니.

거기에서 마약을 공급받았다는 말인가. 이 정도 수준이면 단순 마약 복용 혐의 정도로 끝날 문제가 아니었다.

"거기에서 마약을 직접 한 건 아니에요. 대부분이 문맹이라 멕시코 말과 영어, 그리고 문학이라는 교양을 가르쳤어요."

"정말 솔직히 말해야 돼. 자칫 잘못하면 끝장이다. 바로 감방행이야."

"너무 먼 나라 이야기라 이쪽 언론에는 보도가 안 된 모양이네요. 그쪽 지역 신문에는 조그맣게 기사화까지 됐는데."

"뭐?"

"아, 하긴 인터넷도 잘 되지 않는 곳이라, 종이 신문에 난 이 야기가 한국에까지 전해질 일이 없나."

"시, 신문 이름이 뭐야? 빨리. 빨리! 이건 속도전이다. 이대로 뉴스를 막지 못하면 너는 바로 마약쟁이 되는 거야!"

"신문 이름이……."

우민의 말에 손석민이 급히 사람을 수배했다. 멕시코에서도 사람이 별로 없는 변방, 그곳에서도 겨우 폐간을 면하고 있는 지역 신문에 난 기사를 찾아야 한다.

그렇지 않으면 영화가 무산되는 정도로 끝나지 않을 것이다.

＊　　　　＊　　　　＊

여론의 반응을 차갑게 돌아섰다.

천재 작가, 국민 작가라는 수식어가 사라지고, '마약 작가' 라는 수식어가 우민을 쫓아다녔다.

우민이 실질적으로 운영하는 '소설닷컴' 자유 게시판은 마약 이야기로 터지기 일보 직전이었다.

—알고 보니 그게 다 뽕 해서 만들어낸 글이었구나.

—어쩐지 글에 취한다고 했던 게 다 마약 덕분?

—허준 선생님이 말씀하셨다. '독'을 잘 쓰면 '약'이 된다고, 동의? 어, 보감.

—나도 '약'하면 천재 작가 되는 각.

—마약 작가님 글에 성지순례 왔습니다. 이 글이 보기만 해도 환상 속에 빠지게 만든다는 그 글인가요?

우민을 비꼬는 글들이 난무했다. 위클리 무비 잡지가 시중에 풀리자마자 메신저를 통해, 인터넷을 통해 '마약 작가'라는 타이틀이 퍼져 나갔다.

덕분에 함박웃음을 짓는 건 '위클리 무비' 편집장이었다.

"이야, 우리 진 기자 다시 봤어. 진 기자가 가져온 특집 기사 때문에 '위클리 무비' 창간호 이후에 이번 호 판매량이 최고치를 찍겠어."

"감사합니다. 다 편집장님 덕분입니다."

"하하, 내가 뭘 한 게 있다고, 사장님이 오늘 회식은 마음껏 하라시네."

기자도 직장인.

진영민은 민첩하게 대처했다.

"이야! 역시 사장님. 금일봉이라니, 오늘 좋은 데 가서 술 한잔하실까요?"

편집장이 흡족하게 웃었다.

"하하하, 이번에 자네랑 또 누가 고생했다고 하지 않았나?"

편집장의 말에 진영민이 후배 기자를 불렀다.

"여기 이 친구입니다. 잘 키우면 쓸 만할 겁니다."

"그래그래. 둘이 이번에 정말 고생이 많았어. 끝나고 셋이서 한잔하지."

"감사합니다!"

진영민이 회사에 출근한 게 9시 30분.

출근하자마자 벌어진 일이었다.

*　　　　*　　　　*

손석민은 본능적으로 깨달았다.

이건 속도가 중요하다.

"돈은 얼마가 들어도 좋으니까 그 신문사에 연락해서 아직 자료가 남아 있는지 찾아봐."

그러고도 안심이 되지 않는지 바로 또 핸드폰을 들었다. 그런 손석민을 향해 우민이 말했다.

"아저씨."

나지막이 불러서일까, 손석민이 대답을 하지 않았다. 마약이라는 말에 마치 정신을 놓은 사람처럼 행동했다.

우민이 할 수 없이 손석민의 핸드폰을 빼앗았다.

"아저씨, 잠깐만요."

"야, 지금 뭐 하는 거야. 한시가 바빠. 빨리 네가 말한 그 스크랩 찾아야 한다. 안 그러면 너… 마… 휴우, 아니다."

"그럴 필요 없어요. 찾을 필요 없다고요."

"뭐?"

"오늘 자 '떨어진 달'이 오전 11시에 업로드되나요?"

"의뭉스럽게 굴지 말고 빨리 말해. 뭐야."

"거기에 사장님이 찾으시는 스크랩본을 찍어둔 사진을 함께 붙여뒀습니다."

"…너."

"그러니까 전화하실 필요 없다고요."

"너어!"

"뿐만 아니라 당시 제가 있던 멕시코 지역 시장의 육성 인터뷰도 함께 올렸어요."

옆에 있던 김승완이 궁금함을 참지 못하고 나섰다.

"지역 시장이요? 무, 무슨 내용인데요?"

"목숨을 내놓고 마약과 싸워줘서 고맙다. 이우민 작가, 그가 '펜은 칼보다 강하다'라는 사실을 내게 알려주었다."

믿을 수가 없는 내용에 손석민은 멍하니 우민을 보기만 했다. 정말이냐고 물어볼 생각도 들지 않았다.

"마지막으로 소식을 들었을 때 국회의원을 하고 계신다고 들었습니다. 그분도 마약과 전쟁을 선포하신 분이라 멕시코에서 꽤나 유명하신 분이에요."

"너 도대체… 무슨 짓을 하고 돌아다닌 거냐."

"저도 그때는 좀 무섭더라고요. 총알이 날아들고, 칼이 눈앞을 스쳐 지나가고 살해 위협도 몇 번 있었습니다."

담담하게 말하고 있었지만 내용은 간단하지 않았다. 우민이 시선을 돌려 시계를 확인했다.

"이제 11시네요. 올라갔겠네."

지금도 '떨어진 달'이 올라갈 때마다 3만 명이 넘는 유료 결제가 이루어진다.

마약이라는 의혹이 불거졌지만 3만이라는 숫자가 크게 줄지는 않았다.

그리고 그 사람들은 우민이 올린 보너스 콘텐츠를 SNS를 통해 온갖 곳에 퍼다 날랐다.

*   *   *

11시 30분.

전영민은 점심을 먹기 위해 발걸음도 가볍게 회사를 빠져나왔다.

"오늘은 오랜만에 초밥 어떠냐?"

함께 다니는 후배 기자의 얼굴에도 웃음꽃이 피어 있었다.

"좋죠."

회사를 나와 막 초밥집 안으로 들어가려 할 때 진영민의 핸드폰이 울렸다.

드륵.

드르륵.

전화를 받자마자 편집장의 느닷없는 고함 소리가 들려왔다.

—야, 이 새끼야, 너 지금 어디야!

당황한 진영민이 말을 더듬었다.

"네, 네?"

—'네'고 나발이고 지금 당장 사무실로 기어 들어와!

"아, 알겠습니다."

옆에 있던 후배 기자도 들릴 만큼 큰 소리.

당황한 건 마찬가지였다.

"갑자기 무슨 일이 터졌나……."

"설마……."

하는 마음에 급히 인터넷에 접속해 보았다. N포털 실검을 여전히 마약, 멕시코, 이우민, 이런 단어들이 점령하고 있었다.

사무실로 돌아가며 인터넷을 살피던 진영민이 중얼거렸다.

"별것 없는 것 같은데……."

함께 상황을 파악하던 후배 기자 기사 하나를 확인하곤 헛바람을 들이켰다.

"서, 선배님, 이것 좀 빨리 보셔야 할 것 같은데요."

실검에 올라온 단어 중 하나인 마약 카르텔.

그걸 클릭하고 들어가자, 멕시코 공용어인 스페인어로 된 신문 기사를 찍어둔 사진 한 장이 나왔다.

능력 있는 네티즌 한 명이 이미 해석을 했는지 친절하게 주석까지 달려 있었다.

<한국에서 온 유명 작가. 마약 카르텔 조직원들에게 희망을 꿈꾸게 하다>

이우민이라는 이름을 가진 작가 한 명이 문맹을 타파하고, 문학을 가르치며 마약에 찌든 젊은이들에게 일어설 수 있는 힘을 주고 있다.

미초아칸주의 우루아판은 이런 그에게 시장의 이름으로 표창을 수여하기로 결정했다.

"마약 카르텔 조직원들을 대상으로 선생질을 했다는 게 이런 의미였구나."

"그, 그러게 말입니다. 여기 녹음 파일도 한번 들어보세요."

그러나 진영민은 듣지 않았다.

"젠장……."

무슨 내용인지 듣지 않아도 알 수 있을 것 같았다.

*　　　　*　　　　*

위클리 무비 앞.

잡지사 앞에 기자들이 장사진을 치는 진풍경이 연출되고 있었다. 그런 기자들에게 우민의 팬 중 한 명이 날달걀을 던졌다.

"기레기는 물러가라!"

한 명이 시작하자 마스크를 쓴 다른 팬이 준비하고 있던 날달걀을 던졌다.

퍼벅.

픽.

픽.

졸지에 달걀 세례를 맞게 된 기자들이 혼비백산하며 비산했다. 피하지 못하고 달걀을 맞은 기자들의 머리에서 끈적한 노란 액체가 흘러내렸다.

"꼴좋다! 기레기 놈들아! 마약이라고 기사 써내면 다냐? 한 사람 인생을 그렇게 망쳐놓고 다시 취재가 하고 싶냐!"

적의가 가득했다.

마약.

우민이 준비한 사진이 올라가지 않았다면 정말 이대로 작가 생명이 끝날 수도 있을 만큼 중차대한 일이었다.

"돈 받고 기사 쓰는 놈들이 다 똑같지!"

원색적인 비난이 가득했다. 수십 명의 팬들이 기자들에게 외치는 고함에 거리의 시민들이 핸드폰으로 사진을 찍기 시작했다.

몇몇 시민들도 팬들의 편에 서서 기자들을 노려보았다.

—하긴 기사를 쓰려면 똑바로 알아보고 써야지.

—제대로 알아보지도 않고 말이야. 마약하는 사람들 도와준 사람한테 마약이니, 도박이니, 매춘이니 온갖 더러운 일에 연루되었다며 기사를 써재끼더니.

위클리 무비에서 L 모 작가에 대한 마약 의혹을 제기하자 다른 언론에서는 도박도 했다, 사라진 일 년 동안 여자 문제가 복잡했다는 둥 다양한 소설들을 써내 독자들의 관심을 끌어모았다.

지금 그 반대급부가 터지는 중이었다.

사무실로 들어가기 위해 달려오던 진영민은 발걸음을 멈추었다.

"뭐, 뭐냐, 이게."

"......"

핸드폰은 미친 듯이 울리고 있었다.

확인해 보니 편집장.

왜 끊임없이 전화를 하고 있는지 그 이유를 알 것 같았다.

"지금 저기 들어갔다가는… 몸이 성치 못하겠지?"

잔뜩 화가 난 팬들이 '위클리 무비' 앞을 둘러싸고 시위를 벌이고 있었다.

그 기세에 잡지사 앞에 몰려들었던 기자들도 쉬이 말리지 못하고 변명만 하는 중이었다.

"저, 저희는 여기 소속이 아닙니다. M사에서 사실 관계를 파악하려고 온 사람들이에요. 진정하세요."

"여기 기자들 중에 위클리 무비 사람은 한 명도 없습니다. 진정하세요. 여러분."

아무리 말을 해도 통하질 않았다. 메아리처럼 같은 대답만 이 돌아왔다.

"너네들도 똑같아, 이놈들아! 뭐 마약? 도박? 여자 문제? 더 크게 부풀리고, 의혹을 제기한 게 너희들이잖아."

"세계적인 작가로 발돋움하려는 사람을 그렇게 발목 잡아서 야 되겠냐!"

"더구나 멕시코에서 한 일이 마약 퇴치 운동에 힘쓴 건데 그걸 그렇게 왜곡해?"

"이 기레기 새끼들아!"

우민의 골수팬들이 준비한 날달걀도 모자란지 어디서 준비해 온 밀가루를 기자들에게 뿌려댔다.

그 기세가 사뭇 무서워 진영민은 사무실에 들어가지도, 그렇다고 멀리 도망가지도 못한 채 멀찍이서 지켜보기만 했다.

상황은 W 출판사 앞이라고 해서 크게 다르지 않았다. 사무실 안에서 점심도 거른 채 바깥 상황을 보던 손석민이 말했다.

"야, 나가서 말려야 하는 거 아냐?"

기자들은 수난을 당하고 있었고, 광분한 팬들의 폭주는 거침이 없었다.

"뿌린 대로 거두는 법이잖아요. 똥을 싸질렀으면 책임을 져야죠."

"그렇긴 하지만……."

창밖으로 보이는 기자들이 결국 광분한 팬들을 피해 사방으로 도망치고 있었다. 어느새 출동한 경찰들이 말리지 않았다면 유혈 사태가 발생했을지도 모를 만큼 사태는 과격했다.

그런 곳으로 중국집 오토바이 수 대가 도착했다. 어리둥절한 표정으로 주변을 둘러보던 배달원들이 건물 내로 들어가려 하자 기자들이 뒤를 따라가려 했다.

그걸 또 팬들이 막아섰다.

"어딜 따라 들어가려고, 어림도 없어."

"아니, 그런 게 아니라."

"경찰관님들, 이 사람들 좀 보세요. 남의 건물에 마음대로 들어가려 합니다!"

밀치고 밀리는 혼란 속에서 배달원들도 당황하여 어찌할 바를 몰라 했다.

그사이 손석민의 핸드폰으로 문자 한 통이 도착했다.

—사이트 접속자 30만 명 돌파. 모금액 400억.

손석민이 그 화면을 우민에게 보여주었다.

"이제 반 정도 왔네요."

"마이클 말로는 외국에서도 접속자가 꽤 된다더라."

"그것까지 막지는 말아요."

"그 사람들이 몇십억씩 투자한다고 해도?"

"저도 현실을 아는 사람이에요. 한국에서만 천억이 모일 거라 기대하지 않았습니다."

"……"

"어떻게 보이느냐가 중요한 세상이잖아요. 한국 사이트에서 모금, 한국인들의 손으로 만든 영화. 그런 타이틀이 있어야 문화 변방 취급받고 있는 한류가 주류로 파고들어 갈 수 있어요."

우민이 두 주먹을 불끈 쥐었다.

"한류를 통해 세계 문화, 문학을 한 단계 발전시킬 겁니다. 그 정도면 스위스에서도 알아주지 않을까요."

우민이 말하는 스위스가 어딘지 모를 리 없었다. 그가 그리고 있는 그림에 창밖을 보고 있는 우민의 등이 유난히 크게 보였다.

＊　　　　＊　　　　＊

—왜 이렇게 잘살고 있는 작가를 괴롭히지 못해 안달이야.

—도대체 나라가 해주는 게 뭐냐. 글 잘 쓰고, 국위 선양하는 엄한 작가 좀 그만 건드려라.

—젊은 작가 못 잡아먹어서 안달이네.

—마약 왕이 아니라 마약 퇴치 왕이었네. 우리나라 마약 한 연예인들 전부 이우민 작가한테 보내야 하는 각 아니냐.

겨우 3시간 사이에 일어난 일이었다.

오후 1시.

전영민은 겨우 뒷문을 통해 사무실로 들어갈 수 있었다. 사무실로 들어가자마자 오늘 자 '위클리 무비'가 얼굴로 날아들었다.

"야! 너 뭐 하는 새낀데 이제서야 기어들어 와!"

진영민의 이마에 투둑 힘줄이 돋아났다.

'맞다. 이 새끼 이런 놈이었지.'

편집장, 그가 자신에게 친절한 건 딱 오늘 하루뿐이었다.

"죄송합니다."

진영민이 바로 고개를 숙였다.

"기사 확인했어? 지금 난리다. 어떤 미친 새끼는 우리 사무실 폭파시켜 버린다고 협박 전화까지 하고 있단 말이다!"

진영민이 푹 숙인 고개를 들지 못했다.

"너 혹시 돈 먹었냐?"

"네?"

"얼마야?"

훅 들어오는 편집장의 질문에, 진영민의 등 뒤에서 주르륵 식은땀이 흘러내렸다.

"무, 무슨 말씀이신지."

"내가 너랑 일한 게 몇 년이냐."

진영민은 묵묵히 듣고만 있었다.

"기사 내용을 보니까 꽤나 심층 취재했을 텐데 회사에서 나

오는 돈으로는 당연히 무리일 테고, 어디야? 어디에서 스폰해
줬어?"

진영민의 후배가 쭈뼛거리며 입을 오물거렸다. 편집장은 이
제 진영민이 아닌 후배 기자를 물고 늘어졌다.

"야, 신입. 너 감방 가고 싶어? 회사에서 보호 안 해주면 바
로 콩밥 먹는 거이야. 이우민 작가 쪽에서 소송이라도 걸면
누가 널 보호해 줄 것 같아?"

편집장의 협박에 후배 기자가 진영민의 눈치를 살폈다. 고
개를 숙이고 있던 진영민이 눈을 부라렸다.

말하지 말라는 뜻.

"그, 그게……."

망설이던 후배 기자는 결국 입을 열었다. 편집장이 재차 추
궁했다.

"그래, 말해봐. 그러면 조용히 넘어간다. 회사에서도 보호해
줄 거야."

"CG… CG미디어에서……."

진영민이 버럭 소리쳤다.

"야!"

"아하, 일이 그렇게 돌아간 거였어? 진 기자, 나 좀 보지."

진영민이 편집장을 따라가며 후배 기자를 향해 인상을 팍
썼다.

이미 엎질러진 물이었고, 더 이상 할 수 있는 일은 없었다.

*   *   *

사람들의 입에 우민의 이름이 오르내릴수록 돈이 모이는 속도도 점점 빨라졌다.

"이제 500억 돌파. 절반 모였다. 아직 500억을 더 모아야 돼."

500억.

강남에 10억짜리 집을 50채 살 수 있는 돈이다. 손석민의 목소리가 자연스럽게 떨려왔다.

"500억 모였으면 슬슬 본격적으로 준비를 시작해도 될 것 같네요."

"야, 아직 500억이나 모자란데 무슨 소리를 하는 거야."

우민의 목소리는 단호했다.

"제가 나머지 오백억 투자하겠습니다."

"사업은 자기 돈으로 하는 게 아니라는 말 알지?"

우민이 고개를 끄덕였다.

"어릴 때부터 엄마에게 귀가 못이 박히도록 들었던 말이네요."

아버지가 사업을 하다 망했다. 망한 정도가 아니라 사채 빚까지 쓰다 자신의 돌잔치까지 쫓아왔다고 들었다.

그 후 어머니가 얼마나 많은 고생을 했는지 누구보다 자신이 가장 잘 알고 있었다.

"그런데도 오백억 넣겠다는 말이지?"

"네. 0.1%의 실패 가능성도 없다면 당연히 투자해야죠."

"그, 그래."

함께 앉아 있던 김승완은 부담감이 배가 되었다.

"작가님, 제작비가 부족할 때 투자하셔도 되지 않을까요. 벌써부터 이렇게……."

"각본도 완성됐는데 언제까지 기다릴 수만은 없잖아요."

우민이 책상 위로 각본을 내려놓았다.

〈떨어진 달(각본)〉

"총 러닝타임은 2시간 30분 정도 생각하고 있습니다. 이건 촬영에 편집을 거치면서 감독님과 상의해 줄이거나 늘릴 수는 있어요. 그리고 각본의 첫 페이지는 각 캐릭터들에 대한 특징으로 예전 김 감독님이 제게 해주셨던 설명들을 많이 참고했습니다."

각본을 집어 든 둘은 빠르게 읽어나갔다. 그사이로 간간히 우민의 설명이 섞여들었다.

"전체적인 요약 줄거리가 포함되어 있고, 특히 첫 장면에 가장 많은 공을 들였으면 합니다. 최고의 그래픽 엔지니어를 섭외해서 하늘에 떠 있는 두 개의 달 중 하나가 떨어지는 모습을 정말 실사처럼 표현했으면 해요."

회의실에는 우민의 목소리.

그리고 A4 용지 넘기는 소리밖에 들리지 않았다.

"천천히 한번 읽어보시고, 부족한 점이 있거나 이해가 안되는 게 있으면 말씀 주세요."

집중을 하고 있는지 아무런 반응이 없었다. 우민은 슬쩍 자리에서 일어나 회의실을 빠져나갔다.

*　　　　　*　　　　　*

오후 2시.

위클리 무비의 공식 입장은 여전히 모르쇠였다.

—ㄴ 모 작가를 '이우민 작가'로 생각한 게 아니라는 말씀이십니까?

—네.

—그러면 잡지에서 말하는 ㄴ 모 작가가 누군지 알 수 있을까요?

―밝히지 않겠습니다.

―아무리 영화 잡지만 기사에 대해 일말의 책임감도
느끼지 않으시는 겁니까?

―…….

공식적으로 인정하는 순간 불어닥칠 파장이 어느 정도인지
그들 스스로가 잘 알고 있었다.

편집장이 진영민을 보았다.

"끝까지 발뺌해야지 별수 있나. 그리고 받은 돈 절반은 알
지?"

진영민이 입술을 꽉 깨물었다. 이럴 줄 알고 후배 기자에게
신신당부했지만 결국 이렇게 되어버렸다.

진영민이 대답을 하지 않자 편집장이 빠르게 말을 이었다.

"뭐냐, 퇴사당하면 한자리 약속받은 거냐?"

확실히 기자 출신이라 그런지 질문이 날카로웠다. 당황한
진영민은 순간적으로 대답하지 못했다.

"물어도 아주 크게 물었네. 그래서 네가 들은 보험은?"

편집장은 마치 진영민을 속속들이 알고 있는 것처럼 행동했
다. 그가 찔러대는 족족 진영민은 푹푹 찔릴 수밖에 없었다.

"보험 들어놨을 거 아냐. 그쪽 약점이라든가, 밝히지 않은
취재 내용이라든가. 너 그런 놈이잖아."

"없습니다. 그리고 돈도 받은 게 없어요."

편집장은 어이가 없는지 크게 웃어버렸다.

"푸하하하, 뭐? 지금 나랑 장난하냐?"

"정말입니다. 억울합니다."

편집장은 냉소했다.

"선택해. 돈, 기사. 둘 중 하나는 내놔야 할 거다. 안 그러면 이대로 끝낼 생각 안 하는 게 좋을 거야."

'위클리 무비'의 모 기업은 명망 있는 정론지인 J일보. 최근 종편에까지 진출하며 사세를 확장 중이었다.

'젠장, 어떡하지. 어떻게 하는 게······.'

편집장이 손바닥으로 책상을 내려쳤다.

"머리 굴리지 말고 빨리!"

"기, 기사 내놓겠습니다."

"그럼 뭐 하나? 어서 가져오지 않고."

편집장의 호통에 진영민이 주머니에 넣고 다니던 USB를 꺼내 들었다.

*　　　　　*　　　　　*

오후 3시.

손석민은 두 눈을 부비며 다시 확인해 보았다.

"뭐냐, 이거."

그래도 눈앞의 숫자는 달라지지 않았다.

600억.

단숨에 100억이 더 쌓였다.

"출처가 어딘지 확인했어?"

"중국발이랍니다."

"중국… 이라면……."

마진위, 그일 가능성이 높았다. 이제 고지까지 400억. 돈이 늘어나는 속도를 보자 불가능이라는 글자가 생각나질 않았다.

"언론이 하루 종일 광고를 해주고 있습니다. 마약 스캔들에서부터 연관된 모든 것들이 하루 종일 실시간 검색어에서 내려오질 않고 있어요. 이대로라면 정말 될 것 같은데요."

"이 작가는 어디 갔어?"

"물 들어올 때 노 저어야 한다고 나가시던데요."

"또 무슨 짓을 하려고… 밖에 사람도 많은데."

손석민이 블라인드 틈새로 바깥 상황을 살펴보았다. 달걀 세례에도 기자들은 자리를 지키고 있었다.

대치하고 있는 팬들도 마찬가지였다.

"아오……."

그 사이로 우민의 모습이 보였다.

바깥으로 나가자마자 사람들이 밀어닥쳤다.

"작가님, 한 말씀만 부탁드립니다."

"마약 사건은 어떻게 된 건가요? 정말 멕시코에서 그런 활동을 하신 겁니까?"

기자들의 열띤 취재 활동 중 이마에 일본말로 된 머리띠를 한 팬들이 모습을 드러내 우민의 주변으로 인의 장벽을 쳤다.

갑자기 나타난 사람들의 모습에 우민도 당황했다.

"누, 누구……."

"저희가 지킵니다. 2권 일본 정발!"

턱이 두 개인 사람, 안경을 낀 사람, 마른 남자까지, 각각양색의 남자들이 '정발'이라는 구호를 외쳤다.

그 기세가 사뭇 진지해 웃음은 나오지 않았다.

'말로만 듣던 마니아들인가…….'

"작가님은 우리가 지킨다!"

당황한 기자들 중 한 명이 기회라 생각했는지 일본인 팬에게 카메라를 들이밀며 말했다.

"작가님의 팬으로서 이번 사태에 대해 어떻게 생각하십니까?"

남자는 같은 말만 반복했다.

"2권 정발!"

헛웃음을 터뜨리던 우민이 기자들에게 말했다. 손에는 자그마한 USB가 들려 있었다.

"여기, 멕시코에서 제가 어떤 활동을 했는지 정리된 내용입니다. 뿐만 아니라 근 1여 년 동안 여행하며 했던 일들에 대한 기록이 담겨 있는데… 이거 누가 가져가시겠습니까?"

우민의 말에 기자들이 벌 떼처럼 달려들었다. 단단하다고 생각했던 인의 장벽은 아무짝에도 쓸모가 없었다.

오후 3시 10분.

가장 먼저 '위클리 무비'의 모기업인 J일보가 뉴스를 올렸다. 우민이 배낭여행을 하며 돌아다녔던 지역과 그곳에서 했던 일들, 그리고 간간히 출간했던 수필집들이 나열되어 있었다.

〈단독 보도, 이우민 작가의 숨겨진 일 년을 파헤치다〉

'마약'이라는 키워드로 대중들의 관심을 받게 된 이우민 작가의 지난 행적을 J일보에서 단독으로 보내 드립니다.

그가 최초로 향한 곳은 바로 아프리카였습니다. 이우민 작가와 고등학교 동창이자 세계적인 작가로 이름을 떨치고 있는 쿠에시 아난의 고향이기도 한 곳입니다.

여러분도 아시다시피 아프리카의 보물이라 불리는 '쿠에시 아난'은 공식 석상에서 항상 이우민 작가에게 빚이 있다고 말해왔습니다.

그러나 이우민 작가가 아프리카에서 만난 사람은 '쿠에시 아난'이 아니었습니다.

아프리카에서 굶어 죽는 아이들, 전쟁을 피해 도망친 피난민들, 그들을 위한 구호 활동, 그리고 글을 써왔습니다.

본지가 단독 입수한 '검은 대륙의 차가운 현실'은 이우민 작가가 아프리카에서 많이 사용된다고 알려진 프랑스어로 낸 수필집입니다.

아프리카.

중동.

유럽.

러시아.

J일보가 보도한 우민의 행적은 한 페이지에 모두 담을 수 없을 정도로 방대했다.

기사를 확인한 손석민이 물었다.

"뉴스에서 지금 나오고 있는 내용이 정말 사실이냐?"

"아마 기자들이 과장하지 않았다면 맞을 겁니다."

"멕시코에서 마약 카르텔의 협박을 받고, 아프리카에서 사막을 떠돌다 굶어 죽을 뻔하고, 중동에서 테러 사건 근처에 있다가 종아리에 총알이 스쳐 지나갔다는 게 사실… 이라고 말하는 거 맞지?"

우민이 고개를 끄덕였다. 우민이 기자들에게 건네준 USB가 퍼지고 있는지 다른 신문을 통해서도 뉴스가 흘러나오고 있었다.

오후 4시 30분.
750억 모금.

모금액도 겨우 250억밖에 남지 않았다.

제5장
세계 3대 문학상

다음 날.

두근거리는 심장을 부여잡고 손석민이 사이트를 확인해 보았다.

999억.

밤사이 200억이 넘는 돈이 더 들어왔다.

"태풍 정도가 아니라 이건 완전 블랙홀 수준이니. 당연한 일인가."

우민이 보인 행보가 블랙홀처럼 모든 이슈를 빨아들였다.

"오죽하면 정치권에서 사건 덮으려고 꺼낸 카드라는 말까지

나오는 마당이니."

손석민이 블라인드를 살짝 들춰보았다. 여전히 사무실 앞은 기자들이 진을 치고 있었다.

"여기 있으면 기삿거리가 생긴다는 걸 아는 건가… 하지만 어쩌나. 우민이는 지금 여기 없는데."

지난 행적은 위인이라 불려도 손색이 없을 정도의 과거였다. 세상은 이우민 신드롬에 빠져 있었다.

─그 작가가 쓰던 그 만년필이 뭐였지?

─컴퓨터는 S사 거였어.

─옷은 꽤 비싸 보이더라? C사랑 L사 거던데.

─신발은 N사랑 A사 걸 번갈아 가며 신는 거 내가 봤어.

우민이 사용한 펜, 컴퓨터, 옷가지들이 불티나게 팔려 나갔다. 당연히 CF 요청도 쇄도하는 중이었다.

"그러니까 이놈 자식은 어디 가서 감감무소식인 거야."

물 들어올 때 노 저어야 한다는 말을 철저하게 믿고 있는 손석민이었다.

지금은 대홍수의 시기.

우민의 몸값이 천정부지로 치솟고 있었다. 그런데 우민이 서울에 없었다. 작가 그룹 사무실 사람들 전체가 사라졌다.

　　　　*　　　　　*　　　　　*

　호주의 한 해변가.

　파란 하늘에 울창하게 자란 야자수 나무가 군데군데 자리하고 있었다. 땅에는 에메랄드빛 바다가 펼쳐져 있었다. 물보라가 햇살에 반짝이며 마치 다이아처럼 빛났다.

　백사장 한편 우민이 선글라스를 낀 채 파라솔 아래 누워 있었다. 그 옆에서 김승완이 맥주를 홀짝이고 있었다.

　"아무리 봐도 수정할 게 없었습니다."

　"솔직하게 말씀해 주셔도 됩니다. 이상하거나 마음에 들지 않거나, 고쳤으면 하는 부분을 알려주시면 검토해 보고 반영할게요. 너무 어렵게 생각하지 않으셔도 됩니다."

　"하하, 정말입니다. 전혀 손댈 게 없었어요. 하루라도 빨리 영화로 만들고 싶다는 생각밖에 없습니다."

　둘이 대화를 하고 있는 사이 바다에서 헤엄을 치던 카타리나가 우민에게 손짓했다.

　"뭐 해, 어서 들어오지 않고. 여기까지 와서 일 얘기만 할 거야?"

　그 옆에서 신이 난 전석영과 함수호가 물장구를 치며 놀고 있었다. 송민영도 가세해 동심의 세계로 돌아가 있었다.

"작가님! 빨리 들어오세요. 안 그러면 저희가 갑니다!"

불똥은 우민의 옆자리에서 책을 읽고 있던 시우란에게도 튀었다.

"시우란! 너도 어서 들어와."

몸매가 확연히 드러나는 수영복을 입고 있어서일까. 특유의 볼륨감이 압도적인 위용을 뽐내는 중이었다.

"저는 여기에 있는 게 편합니다."

그러면서 흘깃 우민의 눈치를 살폈다. 우민이 물에 들어가면 따라 들어가겠다는 의지가 느껴졌다.

우민이 배 위에 올라가 있던 노트북을 옆에 있는 조그만 탁자 위에 올려놓았다.

"알았다. 간다, 가."

그제야 물 밖으로 슬금슬금 올라오던 무리들이 걸음을 멈추었다. 옆에 앉아 있던 시우란도 슬쩍 자리에서 일어났다.

"가, 같이 가요."

시우란까지 자리에서 일어나자 일행의 환호성이 한층 더 커졌다.

퉁.

전석영은 날아온 공을 받아치지 못하고 넋을 놔버렸다. 공은 전석영의 머리에 맞고는 물 위에 둥둥 떠다녔다.

옆에 있던 함수호가 속삭였다.

"야, 정신 차려."

전석영이 황급히 고개를 흔들었다. 찰나의 순간 시선이 향하고 있던 곳은 시우란, 그녀였다. 다른 남자들이라고 사정은 다르지 않았다.

뚫어져라 그녀를 바라보는 외국 관광객 남성도 있었다. 카타리나가 나섰다.

"더 이상 공놀이는 못 하겠어."

우민이 헛기침을 하며 대답했다.

"그, 그러자. 올라가서 씻고, 밥이나 먹자."

시우란이 우민을 보았다.

"죄송해요. 괜히 저 때문에."

"아니야. 이게 뭐 너 때문인가."

짙은 흑발에서 반짝이는 물방울이 흘러내렸다. 마치 고대 중국의 양귀비를 연상케 하는 모습에 우민도 살짝 귀를 붉혔다.

카타리나가 그 순간을 놓치지 않았다.

"이우민 너 귀까지 빨개져서 설마……."

붉은 머리에 밸런스 있는 몸매. 시우란과는 다른 종류의 아름다움이었다. 달아오르던 귀가 서서히 안정을 찾아갔다.

"설마는 무슨, 어서 나가자. 흠, 흠."

우민이 물 밖으로 나오자, 물기에 젖은 티셔츠가 배에 달라붙으며 탄탄한 복근이 슬쩍 모습을 드러냈다. 웬만한 서양 남자들에게도 뒤지지 않을 육체였다.

우민에게 가까이 다가간 카타리나가 빨래판 같은 배를 쓰다듬었다.

"이야, 운동도 열심히 하고 있나 봐?"

우민이 화들짝 놀라며 옆으로 피했다.

"뭐, 뭐 하는 짓이야?"

"저기 널 보는 여성들을 대신했을 뿐이야."

우민이 고개를 돌리자 정말 외국 여성들이 자신을 향해 입맞춤을 보내고 있었다.

그사이 이번에는 가슴 쪽에서 부드러운 손길이 느껴졌다.

이제는 놀랍지도 않았다. 우민은 어이가 없어 카타리나를 불렀다.

"탸냐, 너 어디까지 만질 셈이야."

다시 고개를 돌려보니 흑발의 큰 눈, 앙증맞게 자리한 붉은 입술에 시선을 강탈하는 몸매를 지닌 시우란이 자신을 보고 있었다.

약간 떨리는 손길. 입에서 흘러나오는 말소리도 떨리고 있었다.

"저, 저도 대, 대신해서……."

우민이 두 눈을 질끈 감았다.

"시우란, 이런 건 배우는 게 아냐."

우민의 제지에도 시우란의 손길은 더 과감해졌다. 우민의 가슴에서 시작된 손길이 거침없이 목까지 타고 올라갔다.

"배운 게 아니에요. 이를테면 정언명령 같은 거랍니다."

부드러운 손길이 티셔츠를 벗어나 맨살에 닿자, 우민이 꿀꺽 마른침을 삼켰다.

뻑.

갑자기 매서운 펀치가 우민의 복부에 꽂혀들었다.

"뭐 하냐. 정신 못 차리고."

"뭐, 뭐 하기는. 들어가서 밥 먹으려고 했지."

"그럼 밥이나 먹으러 가시죠. 작. 가. 님."

카타리나의 협박에 우민은 터덜터덜 움직이지 않는 발걸음을 옮길 수밖에 없었다.

*   *   *

저녁까지 거하게 먹고, 각자 가지는 자유 시간.

우민은 바다가 보이는 해변에 자리를 잡고 앉았다. 붉은 석양이 대지를 집어삼키고, 어둑한 어둠이 내리려 하고 있었다.

우민은 무릎 위에 올려둔 노트북으로 시선을 돌렸다.

불쑥.

그 뒤로 붉은 머리카락이 모습을 드러냈다.

"설마 글 쓰는 거야? 이 좋은 곳까지 와서?"

"그냥 정리하는 거다. 이렇게 하지 않으면 잊히는 게 있으니까."

"우리 우민 씨도 잊어버리는 게 있단 말이야?"

"많지."

사실대로 말하자면 잊어버렸다라고 하기보다는 떠올릴 시간이 없다는 표현이 맞을 것이다.

어린 시절부터 대부분의 기억이 머릿속에 남아 있었다. 다만 꺼내 보지 않을 뿐이다.

이따금씩 이렇게라도 하지 않으면 영영 기억의 창고에서 먼지만 쌓이다 꺼내 볼 생각조차 하지 못할 것이다.

카타리나가 장난스럽게 소리쳤다.

"우와, 여러분, 우리 우민이가 드디어 겸손이란 걸 깨달았습니다. 여러분!"

"봉황의 높은 뜻을 뱁새가 어찌 알리오."

카타리나가 조금 더 얼굴을 가까이했다. 방금 샤워를 마치고 나왔는지 샴푸 냄새에 특유의 살 내음이 확 밀려왔다. 너무 가까운 거리 때문에 우민의 심장이 또다시 요동쳤다.

"그렇게 고고한 봉황이 외간 여자의 손길에 심장을 벌렁

거려?"

쑥.

카타리나가 기습적으로 우민의 가슴에 손을 집어넣었다. 깜짝 놀란 우민이 벌떡 자리에서 일어났다.

"뭐, 뭐 하는 짓이야!"

카타리나가 우민의 빨갛게 달아오른 귀를 보곤 흡족한 미소를 지어 보였다.

"알면서어~"

몸을 비비 꼬며 우민에게 유혹의 손짓을 보냈다. 당황한 우민이 고개를 저었다.

"알지, 아주 잘 알지."

"꺄악!"

우민이 다짜고짜 카타리나에게 달려들어 두 팔로 안아 들었다. 봐주지 않겠다는 듯 두 팔에 단단히 힘을 준 채 서서히 그녀의 입술을 향해 다가갔다.

이제는 카타리나가 당황했다.

"왜, 왜 이래."

우민의 거친 숨소리가 카타리나의 코끝을 간질였다.

후우, 후우.

우민은 멈추지 않고 다가갔다. 이번에도 카타리나는 두 눈을 감았다. 장난일 수 있다고 생각했지만 일말의 기대를 품었다.

서로가 서로를 모르는 해외. 스스로를 옭아맨 쇠사슬이 사라진 곳. 무엇이든 가능할 거라 생각했다.

쪽.

무언가 입술에 닿았다. 촉촉하기 그지없었다. 단단한 팔, 탄탄한 가슴에서 전해지는 안정감에 설렘이 더해졌다.

'아! 이대로 시간이 멈췄으면⋯⋯.'

카타리나가 슬며시 눈을 떠보았다. 우민의 조각상 같은 얼굴이 선명하게 보였다.

'얼굴이 선명하게 보이면 안 되는 거 아냐?'

왜냐하면 여전히 입술에서는 촉촉함이 느껴지는 중이었다. 카타리나가 혀끝에 감각을 좀 더 집중해 보았다. 그러다 시선을 아래로 내려 입술에 닿아 있는 그것을 살펴보았다.

'손가락?'

입맞춤이라는 감미로운 순간이 악몽으로 변하려 했다.

"야! 너!"

훅.

카타리나가 입을 열 새도 없이 우민이 입으로 막아버렸다. 입술을 비집고 들어온 부드러운 혀가 느껴졌다.

"읍⋯ 으으음⋯ 아⋯⋯."

자신을 놀렸다는 생각에 몸부림을 치던 카타리나의 몸이 점점 축 늘어졌다. 마치 약이라도 한 것처럼 늘어진 몸은 우민이 혀를 움직일 때만 움찔거리며 반응했다. 해는 완전히 모습을 감추었고, 호텔 불빛이 둘을 비추었다.

그 뒤로도 한참 동안 둘은 그 자리에 그렇게 서 있었다. 우민이 서서히 입을 떼며 말했다.

"타냐, 으읍……."

카타리나가 우민의 목을 휘감으며 다시 입을 막아버렸다. 그렇게 또다시 폭풍 같은 시간이 지나갔다. 막혀 있던 둑이 터지고 둘은 서로에게 집중했다.

그렇게 한참의 시간이 지나고 나서야 하나는 둘로 분리되었다.

"타냐, 이제 들어가자. 쌀쌀해졌어."

밤이 되자 바닷바람이 불어오며 서늘해졌다. 카타리나가 조신하게 고개를 끄덕였다.

"근데 어떡하지? 방이 다르잖아."

카타리나의 적극적인 표현에 우민이 일순 머뭇거렸다.

"…오, 오늘만 날이 아니니까."

"방 하나 더 빌리면 되잖아."

"으, 응?"

"쳇."

카타리나가 토라진 척하며 고개를 돌렸다. 우민이 호텔로 돌아가려는 카타리나의 손목을 잡았다. 상황이 역전되었다.

"타, 타냐."

다시 고개를 돌린 카타리나는 웃고 있었다.

"알았어. 우민 말대로 오늘만 날은 아니니까."

"하하, 그래."

"한 가지 물어보고 싶은 게 있는데 괜찮아?"

"뭐든, 이렇게 된 상황인데 말하지 못할 게 뭐가 있겠어."

카타리나가 잠시 뜸을 들였다.

"언제부터였어?"

이번에는 우민이 생각에 잠겼다. 언제부터였을까. 아니, 뭐라고 대답하는 게 카타리나의 마음에 드는 대답일까.

키스 이후 생각의 기준이 바뀌었다.

"첫 만남 때는 그저 똑똑하고 활발한 친구라 생각했어. 너에게 시를 선물했을 때는 약간의 호감을 가진 정도? 네가 적극적으로 나에게 표현했지만……."

우민이 말을 아꼈다. 카타리나가 여전히 미소를 머금은 채 말했다.

"나는 괜찮아, 헤헤. 이런 걸로 삐치기에는 꽤나 단련되었지."

약간 서글퍼 보이는 모습에 우민이 볼을 쓰다듬으며 말을 이었다.

"그러면서 아주 천천히 스며들었어. 지금까지는 할 일이 많아 미뤄두고 있었지만 이제 꽤나 많이 왔다는 생각에 받아들일 여유가 생긴 거지. 너도 알고 있었잖아. 시간이 문제일 뿐 어차피 이렇게 될 거라는 거."

쪽.

이번에는 카타리나가 먼저 입을 맞추었다. 웃고 있었지만 눈물이 흘러내리고 있었다.

우민이 닦아주자 눈물은 멈추었고, 다시 환한 웃음만이 남았다.

＊   ＊   ＊

둘의 변화된 분위기는 송민영이 가장 먼저 알아차렸다.

"…두 분 결정하신 거예요?"

아침을 먹으려 열심히 움직이던 숟가락이 일제히 멈추었다. 특히나 시우란은 금방이라도 울 것처럼 눈물까지 글썽였다. 우민은 단호하게 대답했다.

"이미 결정되어 있었어."

어떠한 여지도 남기지 않는 말에 시우란이 결국 눈물을 참지 못하고 자리에서 일어나 버렸다.

전석영이 따라가려 했지만 송민영이 막았다.

"네가 간다고 해서 될 일이 아냐."

"그, 그래도……."

"너 스토커야? 왜 그렇게 졸졸 좇아다녀. 너라면 별로 좋아하지도 않는 사람이 계속 치근덕거리면 기분이 어떨 것 같아?"

전석영은 아무 말도 하지 못하고 자리에 앉았다. 송민영의 말은 하나도 틀린 게 없었다.

상황을 지켜보던 우민이 말했다.

"시우란은 제가 가장 잘 알아요. 곧 괜찮아질 거예요. 시간이 해결해 줄 겁니다."

이번에도 전석영이 입을 열려 했지만 송민영이 눈치를 주어 막았다. 그런 전석영의 마음을 알기라도 하듯 우민이 부연 설명을 덧붙였다.

"어린 시절 아픔이 있는 친구예요. 그걸 옆에서 지켜봤어요."

변화된 우민의 태도에 자리에 앉은 모두가 놀랐다. 다시 열심히 숟가락을 놀리고 있던 함수호가 이번에도 숟가락을 멈추었다.

"자, 작가님?"

"마저 식사하세요. 이제 휴가가 3일밖에 남지 않았습니다. 돌아가면 또 열심히 일해야죠."

우민이 다시 포크를 놀렸다. 달그락거리며 먹는 모습을 카타리나가 흐뭇하게 바라보았다.

방으로 돌아와 꺼냈던 핸드폰을 다시 켰다.

부재중 전화 24통.

문자도 그에 못지않게 와 있었다. 대부분이 손석민에게서 온 연락. 우민이 다시 연락을 취하기도 전에 핸드폰이 요란한 소리를 토했다.

이번에도 손석민.

우민이 할 수 없다는 듯 연락을 받았다. 전화를 받자마자 손석민이 버럭 소리를 질렀다.

―너 어디야!

"악! 귀청 떨어지겠어요."

―어디기에 전화도 꺼놨어. 또 위험한 데 간 거 아냐?

우민의 지난 행적이 밝혀진 후 손석민이 자나 깨나 하는 걱정이었다.

"그런 거 아니에요. 여기 호주입니다. 호주."

우민의 말에 일단 안심한 손석민이 물었다.

―호주? 거기는 왜?

"저도 이제 마음 둘 곳을 정해야죠. 아저씨도 분홍빛 봄이 시작되는데 저만 추운 겨울일 수는 없잖아요."

손석민은 전화한 이유도 잊은 채 다시 물었다.

—누, 누구랑? 아… 설마.

"생각하는 그 사람이 맞아요."

—역시… 그렇게 되는구나.

"아저씨랑 엄마처럼 되는 거죠."

—그래, 잘했다. 잘했어. 축하한다.

진심이 담긴 말에 우민도 진심으로 답했다.

"이제 겨우 시작하는 단계예요. 앞으로 천천히 좀 더 알아가 보려고요."

—그래, 잘 생각했어. 너희 엄마 소원이 손자 보는 거다. 어차피 나이도 어리겠다, 숨풍숨풍 다섯 명씩 낳아봐.

"하하, 아저씨도 늦지 않았어요. 저도 동생이 간절합니다."

—뭐, 뭐… 이 녀석이.

당황한 손석민이 말을 잇지 못했다. 몇 번의 헛기침이 이어졌다.

"하하, 그런데 전화는 왜 이렇게 하셨어요."

—아 참, 그렇지. 지금 널 찾는 곳이 얼마나 많은지 알고 있어?

우민이 고개를 끄덕이며 답했다.

"왜 모르겠습니까. 한국에서 그 많은 일이 있었는데요."

—정말 상상 초월이다. 네 인기가 하늘을 찌르고 있어. 무

슨 위인이라도 된 것 같다니까.

"하하, 잘됐네요."

—들어온 CF만 10여 편이 넘어간다. 10억 이하는 안 한다고 했는데도 10편이야.

"그러면 이제 20억 이하는 안 한다고 하세요."

손석민이 마치 기다렸다는 듯이 답했다.

—나도 그렇게 말했지. 그래도 7곳에서 계약하자고 연락이 왔다. 게다가 한 곳에서는 얼마를 불렀는지 아니?

손석민은 생각만 해도 기분이 좋은지 잔뜩 들떠 있었다.

"50억?"

잔뜩 흥분해 있던 손석민의 목소리가 놀람으로 바뀌었다.

—어? 뭐냐. 벌써 연락받은 거야?

"지금껏 핸드폰 꺼놓고 있었는데 연락은요. 그럼 그 CF 전부 찍으면 150억가량 되겠네요."

손석민이 단언했다.

—그래. 이런 기세면… 이번 영화 잘 안 된다 해도 상장할 수 있다. 벌써부터 투자자들이 찾아오고 있다. 그들이 평가하는 우리 출판사 가치가 얼마인지 알고 있니?

이번에도 우민은 손석민이 생각하고 있던 답, 그 이상을 내놓았다.

"한… 100조 정도 될까요?"

음료를 마시고 있었는지 전화기상에서 액체가 뿜어지는 소리가 들렸다.

―푸확… 뭐?

"제가 한 99조를 벌 테고, 나머지 분들이 1조 정도 할 테니까요."

당황한 손석민이 말을 더듬었다.

―무, 물론 그, 그 정도가 되면 좋겠지만 일단 투자자들에게 들은 건 천억이다. 회사 가치를 천억으로 평가받았어. 회사에 투자하겠다는 사람들이 줄을 섰다.

우민의 감상평은 간단했다.

"작네요."

100조라는 말을 들은 손석민에게도 천억이라는 숫자가 작게 느껴졌다.

―그, 그런가.

"영화가 개봉하고, 차기작을 출판하면 조 단위의 수입이 들어올 겁니다. 그런 평가에 일희일비하실 필요 없어요."

손석민이 마른침을 꿀꺽 삼켰다.

100조. 그리고 조 단위의 수입이 결코 불가능해 보이지 않았다. 손석민의 머릿속이 숫자에 압도당해 하얗게 변해갔다.

―그래, 재밌게 놀다가 조심히 들어오거라. 위험한 곳은 가지 말고.

"네, 엄마한테도 걱정하지 말라고 전해주세요."

전화를 끊은 우민이 노트북을 챙겨 자리에서 일어났다. 아직 못다 쓴 글이 남아 있었다.

*   *   *

카타리나에게 미리 양해를 구한 우민이 홀로 해변으로 나왔다. 노트북을 켜고 어제 미처 정리하지 못한 글을 다시 읽어 내려갔다.

그래도 사랑한다.

첫 줄에 쓰여 있는 제목이었다.

"덕분에 쉽게 완성할 수 있겠어."

섹스 중독에 걸린 여자. 그 여자를 지켜보는 남자.

여자가 원나잇을 하며 다른 남자를 찾아 돌아다니는 와중에도 남자는 그녀를 기다린다.

보통의 남자라면 하지 못할 일.

그러나 남자를 통해 그녀의 외로운 일상, 고독이 삶이 될 수밖에 없는 상황이 서술되며 그녀의 상황을 이해시킨다.

이야기가 전개될수록 여자도 남자를 인정하게 되고, 물어보게 된다.

언제부터였냐고, 왜 이런 자신을 기다려 준 거냐고.

여전히 자신을 사랑한다고 말하는 남자를 여자도 쉽게 이해하지 못했다. 세상 누구도 쉽게 이해하지 못할 상황을 남자는 한마디로 정리한다.

그래도 사랑한다.

아마 카타리나가 없었다면 쓰지 못했을 것이다.

"그렇게 틱틱거리고 장난을 치면서 면전에서 면박을 줬는데도 옆에서 웃어줄 수 있다니."

아마 자신이라면 견디지 못했을 것이다.

"어떻게 사… 랑하지 않을 수가 있겠어."

우민은 스스로가 뱉은 말이 부끄러워 조심스레 주변을 둘러보았다. 다행히 아무도 없었다.

"후우."

떨리는 가슴을 진정시키려 긴 숨을 내쉬었다. 그래도 우민을 사랑하겠다, 기다리겠다고 말해준 카타리나에 대한 애정이 피어났다.

"이걸 보여주면 아마 단숨에 눈치채겠지."

300페이지가량 되는 장편 소설.

그 속의 남자는 카타리나를, 여자는 우민을 기반으로 만들어진 캐릭터였다.

섹스 중독에 걸린 여자는 소설가였고, 남자는 변호사가 직업이었다. 많은 부분을 둘에게서 따왔다.

"어떤 반응을 보일까."

소설에 집중하다 보니 벌써 점심시간이 한참 지나 있었다. 우민은 완성한 원고를 손석민에게 보내고, 밥을 먹기 위해 걸음을 움직였다.

$$*\qquad*\qquad*$$

띠링.

메일이 도착했습니다.

알람을 확인한 손석민이 마우스를 움직였다.

제목: 신작.

내용: 최대한 빨리 출판해 주세요. 보여주고 싶은 사람이 있어서요.

첨부 파일을 클릭하니 A4 크기로 200페이지가량 되는 글이었다.

"그래도 사랑한다? 요즘 유행하는 로판물인가. 이 녀석 사랑에 빠지더니 별걸 다 쓰네."

로맨스 판타지.

한국에서는 판타지와는 비교 불가의 시장 크기를 자랑하는 장르였다. 그러나 첫 구절을 읽는 순간 그 생각을 바꿔야 했다.

배경은 클럽.

요란한 음악 소리에 몸을 맡긴 여자가 남자에게 하는 말이 손석민을 충격으로 몰아넣었다.

2 대 1 어때요? 물론 그쪽이랑 그쪽 친구가 둘.

소설 속의 남자는 당황해 순간적으로 대답하지 못한다.

"이런, 미친……."

순간적으로 욕설이 흘러나왔다. 손석민은 빠르게 소설을 읽어나갔다. 소설 속의 설정은 이루 말할 수 없이 파격적이었다.

"주인공이 섹스 중독이라니… 이 녀석이 호주에서 정말 약을 했나."

한국인의 정서로 받아들이기에는 너무 선정적이었다.

"출판했다가는 바로 청소년 유해 간행물에 선정될 것 같은데."

내용은 그것으로 끝이 아니었다. 우민의 필력이 힘을 발휘하자 성행위에 대한 묘사가 눈에 잡힐 듯 생생했다.

세상 어떤 에로소설도 이보다 사실적으로, 또 자극적으로 묘사할 수는 없으리라.

손석민은 연신 목울대를 꿀렁거리며 글을 읽어나갔다. 절반쯤 지났을 때는 자신도 모르게 호흡이 거칠어지고, 심장이 뛰고 있었다.

벌컥.

순간 부하 직원이 결재판을 들고 들어왔다. 당황한 손석민이 화들짝 놀라며 급히 마우스를 움직였다.

달깍.

"흠… 흠흠."

헛기침을 하며 모니터를 보는 척했다. 정신은 온통 다른 곳으로 가 있었다.

"사장님, 방금 말씀하신 이우민 작가 신작 계약서입니다."

"그, 그래. 놓고 나가봐."

"하하, 뭔가 수상한데. 혼자서 이상한 동영상이라도 보신 거 아닙니까?"

남자 직원의 농담에 손석민이 말을 더듬었다.

"무, 무슨 소리야. 내, 내가 그런 걸 왜 봐."

"하하, 당황하니까 더 수상한데요."

"수, 수상하긴. 놓고 나가면 확인할게."

직원은 바로 나가지 않고 다시 물었다.

"그런데 이우민 작가님 신작, 저희는 안 보여주세요? 편집 팀에서 보고 싶다고 해서요."

"흐음… 알았어. 내가 보내줄 테니까 문제는 없는지 한번 꼼꼼하게 읽어봐. 편집 팀 전원이 읽어보라고 해."

"하하, 물론입니다. 이 작가님 글이야 서로 보겠다고 난리인 글인걸요."

손석민은 혀를 내밀어 바짝 말라 버린 입술을 적셨다.

"그러니까… 글에 문제가 있을 수도 있어. 자세히, 꼼꼼히. 그렇게 한번 봐봐. 알았지?"

"하하, 걱정하지 마세요!"

호언장담을 한 직원이 나가고 손석민이 편집 팀 직원들에게 우민이 보내온 메일을 포워딩했다.

꿀꺽.

꿀꺽거리며 침 삼키는 소리와.

드르륵.

드르륵거리며 마우스 스크롤 휠이 움직이는 소리만이 들려왔다.

고요하기 그지없었다.

간혹 가다 거칠어지는 숨소리가 시작되려 했지만 이내 현재 자신이 있는 곳을 자각하곤 정수기에서 찬물을 잔뜩 받아 한

입에 털어 넣었다.

여자들이라고 해서 크게 다르지 않았다. 살짝 벌어진 입술 사이로 끊임없이 가쁜 숨이 들락날락거렸다.

눈을 뗄 수가 없는지 점심시간이 시작되어도 누구 하나 자리에서 일어나는 이가 없었다.

다른 팀의 동료가 찾아와 편집 팀 직원의 어깨를 두드렸다.

"야, 밥 먹자."

쿠당탕.

놀란 직원이 자리에서 일어나려다 뒤로 넘어졌다.

"괜찮아?"

동료의 질문은 듣지도 않은 채 모니터를 가리기에 급급했다. 정신을 차린 다른 편집 팀 직원들이 잽싸게 문서 편집창을 꺼버렸다는 사실은 사무실 내 누구도 눈치채지 못했다.

*　　　*　　　*

"간행물윤리위원회에 걸립니다."

간행물윤리위원회.

한국출판문화산업진흥원의 기구 중 하나로 만화책, 일반서적, 잡지 등 인쇄 간행물과 전자 출판물을 심의하는 기관이었다.

편집 팀 직원의 단호한 말에 손석민은 고개를 주억거렸다.

"나도 십분 공감해. 그런데 우민이 받아들이질 않는다는 말이지……."

"선정성에, 건전한 윤리관 저해, 비윤리성, 청소년 유해 행위 등등 가져다 붙이면… 붙이는 대로 족족 두드려 맞을 겁니다."

등받이에 기대 앉은 손석민이 긴 한숨을 내쉬었다.

"나도 그렇게 말은 해봤단 말이지……."

듣고 있던 한 여성 직원이 의견을 개진했다.

"저는 오히려 다른 생각이에요. '블랙의 30가지 모습'이라는 소설이 전 세계에서 소위 대박을 쳤잖아요. 이 작가님의 소설은 그것보다 뛰어나다고 생각합니다. 제가 볼 때는 남녀 간의 정사 장면은 조미료일 뿐 오히려 문학적 완성도에 방점을 찍으셨어요."

몇몇 직원들이 여자 직원을 바라보았다.

"그, 그래요?"

순식간에 쏠린 시선 때문인지 아니면 갑자기 생각난 소설의 내용 때문인지 여자 직원이 살짝 볼을 붉혔다.

"글의 자극적인 묘사에서 한 걸음 물러나 전체적인 글의 흐름에 초점을 두고 읽어보시면 보일 겁니다. 물론 우민 작가님의 묘사 능력이 워낙 탁월하서서 눈을 뗄 수 없는 점은 저도 충분히 이해합니다."

손석민의 고민이 깊어져 갔다.

벌써 며칠째.

우민의 책을 놓고 씨름 중이었다. 처음부터 19금 딱지를 붙여 출판할 것인가, 아니면 일반 서적으로 출판할 것인가. 가늠이 잘되질 않았다.

"흐음… 어떻게 한다."

벌컥.

문이 열리고, 휴가가 끝난 우민이 회의실 안으로 들어왔다. 하얗던 피부가 초콜릿색을 자랑했다.

문을 열고 들어온 우민이 명쾌하게 답을 내놓았다.

"일단 출판하면 되잖아요."

손석민이 혹시나 하여 물었다.

"19금으로 하자는 말이지?"

"설마 제가 청소년 유해 도서를 썼겠습니까. 빨간 딱지 붙이지 않아도 괜찮아요. 어차피 그 딱지 붙이면 서점에서 팔 수도 없잖아요."

실제로는 청소년이 볼 수 없는 곳에 책이 격리 진열되어야 한다. 현실적으로 격리 진열 자체가 불가능하기 때문에, 서점에서는 아예 책을 팔지 않거나 직원들이 별도로 가지고 있다가 내놓는 경우가 대부분이었다.

말 그대로 책 판매에 강력한 제한이 걸리는 셈이다.

"그, 그냥 내면 어차피 간윤에서 제동이 걸릴 거다. 괜히 뒤늦게 제재를 당하면 골치만 아파져."

"누가 골치가 아파질지는 두고 보면 알게 되겠죠."

"그렇기야… 하겠지."

"그나저나 내용은 어땠어요? 읽을 만한가요?"

우민의 질문에 직원들은 하나같이 엄지손가락을 치켜세웠다.

"이야, 정말 몰입감이 쩔었습니다. 보다가 정말……."

칭찬을 하던 직원이 말을 아꼈다.

"작가님 묘사력이야 진작 알고 있었지만 그런 쪽으로도 그렇게 뛰어나실 줄은 몰랐습니다."

직원들이 하나같이 우민의 사실적인 묘사력을 칭찬할 때 문학성을 논하던 여자 직원이 입을 열었다.

"저는 작품 속에서 작가님의 철학을 읽었습니다. 그래서 더 의미 있는 작품이라고 생각해요."

우민이 말을 멈추고 여자 직원을 보았다.

"2차 대전 이후 모더니즘 문학이 끝나고, 지금까지 세계 문학의 주류는 포스터 모더니즘이라 할 수 있었어요. 탈이성적 사고, 탈중심적 다원적 사고 같은. 한마디로 정의해서 '자유'라고 할 수 있어요."

직원들도 서서히 귀를 기울이기 시작했다. 그저 말초적인 신경을 자극한 단어로 쓰인 지극히 상업적인 소설이라는 생각에도 금이 가기 시작했다.

"그런데 뭐랄까. 작가님의 이번 소설은 새로운 흐름을 만들어내시려는 것 같았어요."

"흐음."

우민이 흥미가 동하는지 턱을 긁적거렸다. 회의실에 앉아 있던 몇몇 직원들은 아예 여직원이 하는 말을 알아듣지 못했다. 'W 출판사'의 주력은 누가 뭐라 해도 장르소설. 문학에 대한 이해보다는 재미에 대한 감각이 중요했다.

썩어도 준치라고 손석민만은 현재 여직원이 하는 말이 어떤 내용인지, 무슨 의미를 지니고 있는지 알아듣고 있었다.

"그러니까, 자네 말은 지금 우민이 새로운 시대를 열려 하고 있단 말이야?"

손석민은 물으면서도 믿지 못하는 눈치였다. 여직원은 한치의 머뭇거림도 없이 답했다.

"네."

일반적인 채용 전형으로 뽑은 직원이라면 꺼낼 수조차 없는 말들이었다. 그러나 이 여직원은 달랐다.

손석민은 우민을 바라보았다.

"이우민, 그게 정말이야? 정말 그런 생각으로 글을 쓴 거냐?"

우민은 여직원을 보고 있었다.

"어떤 부분에서 그런 생각이 들었는지 알 수 있을까요?"

다시 여직원에게 시선이 쏠렸다.

"포스터 모더니즘의 특징은 방금 전 말씀드렸듯이 '자유'라는 특징이 있어요. 같은 맥락에서 이 '자유'는 작가 위주의 문학에서 벗어나 독자가 능동적으로 글을 읽고 마음껏 상상할 수 있도록 하고 있습니다. 그런데 작가님의 글은 정반대예요."

우민은 잠자코 듣고만 있었다. 미국에서 자신의 글을 읽고 팬이 되어 이곳에 취업했다는 여자. 세계 최고의 대학인 하버드 영문학을 전공한 '인재'였다.

"정반대라는 게 무슨 뜻인지 설명해 줄 수 있을까요?"

"작가님이 모든 것을 통제합니다. 책을 읽는 순간 독자는 신도가 되고 작가님은 신이 되죠. 예전부터 느끼고 있던 것이 이번 작품으로 확실해졌어요. 자유가 아닌 '통제'."

우민이 헛웃음을 터뜨렸다.

"하하, 네? 통제라는 무슨 그런 위험한 말을……."

여직원의 이름은 방혜리. 우민은 방혜리를 보며 눈을 반짝였다.

"작가님이기 때문에 가능한 일입니다. 읽는 내내 저도 놀라움을 감추지 못했어요. 작가님의 글에는 모든 게 있어요. 심지어 주인공이 걷는 길의 지면이 어떤 형태인지, 거리에 설치되어 있는 쓰레기통의 모양은 무엇인지까지 제가 생각할 여지가 없더군요."

손석민이 짧은 지식으로 한마디를 던졌다.

"그, 그건 사실주의 아닌가?"

방혜리가 똑 부러지게 답했다.

"비슷하지만 다릅니다. 사실주의는 배경을 정밀하게 묘사한다는 의미도 있지만 현실을 있는 그대로 묘사, 즉 모방한다는 의미도 있거든요. 오히려 극사실주의에 가깝다고 말할 수 있겠네요. 그러나 가장 큰 차이는 바로."

우민이 다음 말을 받았다.

"통제."

"네. 바늘 지나갈 틈도 주지 않으시더군요. 이건 오로지 전세계에서 작가님만이 가능한 일이라 생각되네요."

방혜리의 계속되는 설명에 손석민이 혀를 내둘렀다.

"그러면 '통제주의' 작품이라고 불러야 하나."

듣고 있던 우민이 엉덩이를 털며 자리에서 일어났다.

"혹시 라일리 카터에게 배우셨어요?"

"아닙니다. 그저 존경하는 평론가들 중 한 분이세요."

"아니면… 노아 테일러에게?"

이번에도 방혜리는 고개를 저었다.

"그분은 제가 좋아하는 소설가 중 한 분이시고요."

"두 분이 하신 얘기랑 똑같은 말씀을 하셔서 한번 물어봤어
요."

두 명은 이미 세상이 인정하는 소설가와 평론가. 다른 한
명은 이제 갓 대학을 졸업해 출판 시장에 발을 들인 편집자.

우민의 말은 그들과 그녀를 동급에서 보고 있다는 뜻이었
다. 방혜리는 단번에 그 뜻을 알아차렸다.

"감사합니다."

그대로 문밖으로 나가는 우민의 뒤를 손석민이 따라 나갔
다.

손석민이 우민의 옆에서 보조를 맞추며 물었다.

"저 친구 말이 사실이야?"

"능력 있는 친구예요. 앞으로 중용하시면 좋을 겁니다."

"물론 문학을 보는 시선은 네가 인정할 만큼 대단하다는
걸 알겠는데… 한국 시장은 그런 눈보다는 다른 게 필요하다
는 거 너도 알잖아."

"그러면 해외시장 자체를 맡기세요."

"으, 응?"

"성장하고 있는 회사, 성장하는 직원, 능력에 걸맞은 대우. 나이는 숫자에 불과하다. W 출판사에 딱 걸맞은 말들이잖아요. 그리고 저분은 그에 어울리는 인재입니다."

"네가 그렇게까지 말한다면야……."

"아까도 말씀드렸듯이 노아나, 라일리가 제게 했던 말을 하는 친구예요. 회사가 지금보다 크려면 저런 친구를 대우해 줘야 합니다."

오랜만에 보는 우민의 단호한 표정에 손석민도 고개를 끄덕였다.

"나한테는 그저 재밌는 성인, 크, 크흠."

잠시 헛기침을 한 손석민이 말을 이었다.

"그런 소설처럼 느껴졌었는데……."

"하하, 원래 꿈보다 해몽이 좋은 법이니까요."

"그러니까 네 의도를 제대로 파악했다는 말이지?"

"많은 부분에서 작품을 보는 눈이 있는 것 같아요. 확실히 하버드는 다르군요."

"네가 그렇게까지 말한다면야, 그런 거겠지. 알았다. 그 친구는 네 말대로 조치하마."

"그런 의미에서 책은 그대로 출판하도록 해요. 간행물윤리위원회가 어떤 결정을 내리든 그게 곧 그들이 문학을 보는 수준이니까요. 낮다면 올리도록 도와주고, 높다면 별다른 조치는 취해지지 않을 겁니다."

손석민은 이번에도 혀를 내둘렀다. 마치 그들을 평가하는 평가자가 된 듯한 말투. 얼핏 오만하게 느껴질 법도 하건만 이미 우민과 알아온 시간이 길어서일까.

크게 거부감이 들지는 않았다.

*　　　　*　　　　*

사전 검열이 불법인 이상 간행물윤리위원회가 도서를 심의하는 방법은 크게 세 가지로 나눌 수 있었다.

국가 기관의 의뢰.

청소년 보호 관련 기관 또는 30명 이상의 서명 요청.

간윤 자체 수집.

이렇게 수집하여 10명 내외의 전문 위원들과 내부 상근 직으로 구성된 위원회에서 매달 수백 권에 달하는 도서를 심의한다.

한두 시간에 달하는 한 번의 회의에서 평균 300권이 넘는 책을 심의하는 것으로 알려져 있다.

촉박한 시간, 부족한 인력은 자연스레 심의의 질을 떨어뜨리는 결과를 초래하게 마련이었다.

"그래도 사랑한다? 제목만 봐서는 크게 문제 될 게 없는 것으로 보이는데요."

"아마 내용을 보시면 깜짝 놀라실 겁니다."

간윤 직원이 전문 위원에게 책에 표시된 부분을 펼쳐 보여 주었다.

"…흐음."

확실히 선정적인 측면이 강했다. 몇 장을 넘기지 않았음에도 '청소년 유해 도서'에 선정되어야 하는 이유는 차고 넘쳤다.

"그런데 작가가 이우민입니다."

직원은 그게 부담스러웠다.

한국의 출판계를 이끌 기대주.

한국 문학을 한 단계 도약시킬 인재.

세계가 사랑하는 국민 작가.

언어의 마술사 등등 그를 수식하는 단어는 차고 넘쳤다. 그런 그의 책을 '청소년 유해 도서'로 선정한다면 그 파급력이 간단치 않을 것이다.

"다수결로 넘겨봐야 알겠지만 다른 결과는 나오지 않을 겁니다. 인기 작가라고 해서 그냥 넘어갈 수는 없는 법이니까요."

전문 위원은 단호했다.

그리고 며칠 뒤 열린 회의 시간.

표결에 부쳐진 '그래도 사랑한다'는 5 대 3의 결과로, '청소년 유해 도서'로 선정되었다.

결정은 통보받은 손석민은 올 게 왔다는 표정이었다.

"내 예상은 빗나가는 법이 없구나."

이번에도 우민은 태도는 태연하기만 했다. 우민은 또다시 뉴스 보도 '사회' 면에 얼굴을 내밀어야 했다.

*　　　　*　　　　*

점심을 먹고 카타리나와 우민은 잠시 동네 카페에 앉아 있었다. 커피를 한 모금 마신 카타리나가 의심스러운 눈초리로 우민을 보았다.

"너 설마 정말 야설 쓴 건 아니지?"

여전히 단어 사용에는 거침이 없었다.

"야설이라니 내가 그럴 사람으로 보여?"

"키스하는 거 보니까 그러고도 남을 것 같던데? 뭔가 감춰져 있던 욕망이 분출하는 느낌이랄까……."

끈적한 눈빛으로 자신을 보며 하는 말에 우민이 관자놀이를 주물렀다.

"알잖아. 글 가지고 장난치지 않는 거."

카타리나가 우민이 쓴 '그래도 사랑한다'를 들고 웃어 보였다.

"헤헤, 잘 알지. 보니까 재밌게 잘 썼더라. 아주 묘사력이 미국 성인 소설 못지않아."

그러면서 우민의 옆구리를 툭 치고는 고개를 내밀어 귀 가까이 입술을 가져다 댔다.

덥석.

우민이 한발 앞서 카타리나의 허리를 휘감았다.

"이제 그런 장난은 통하지 않는다는 거 잘 알 텐데."

우민의 말에 카타리나가 얼굴을 붉혔다. 어젯밤의 뜨거운 열기가 아직 온몸 곳곳에 남아 있었다.

"난 괜찮아."

카타리나는 오히려 몸을 바짝 붙였다. 우민이 눈을 껌벅였다. 이대로라면 오늘 글을 쓸 기운조차 없어져 버린다.

혈기 왕성한 20대였지만 자신의 하루 일과까지 망치고 싶지는 않았다.

우민이 말을 돌렸다.

"그래서 읽어본 감상은? 너도 이 책이 청소년 유해 도서로 선정되어야 한다고 생각해?"

"당연히……."

쪽.

기습적으로 입을 맞춘 카타리나가 말을 이었다.

"아니지. 우리 이 작가님이 그런 글을 만들어낼 리 없으니까."

우민이 쓸쓸하게 웃어 보였다.

"그런데 사람들은 또 왜 이럴까. 어차피 결말은 정해져 있다는 걸 모르는 걸까. 마치 불속을 향해 달려드는 부나방 같아."

"후후, 우리 작가님이 또 겸손을 잊어버리셨네."

"이 정도 태도도 겸손을 유지하고 있는 거야… 뭐, 너도 곧 알게 되겠지."

"으, 응? 뭘?"

우민은 의뭉스럽게 웃으며 굳이 답하지 않았다. 궁금함을 참지 못한 카타리나가 우민을 간지럽혔다.

"어서, 어서 말 안 해줘?"

"하하, 하하하. 여자 친구라면 이심전심으로 알아차려야지."

"몰라, 모르니까, 말해. 말하라고!"

카타리나의 장난으로 둘 사이에는 웃음이 끊이질 않았다.

*　　　　*　　　　*

우민의 글이 가진 문학적 가치를 논하던 방혜리가 손석민과 단둘이 회의실에 앉아 있었다.

"영국 쪽은요?"

"진행했습니다."

"프랑스 쪽은?"

"그쪽도 차질 없이 진행했습니다."

"그리고 이미 들었겠지만 한국에서는 더 이상 중쇄는 안 하는 걸로 최종 결정되었습니다."

"하아, 아쉽네요. 독자들이 많이 기다릴 텐데."

"그 녀석이 팔지 말라니 하는 수 없죠."

"알겠습니다. 한국 쪽은 그렇게 진행하겠습니다."

방혜리의 대답에 손석민이 고개를 주억거렸다.

"그래요. 앞으로 해외로 출판되는 책은 방혜리 팀장이 맡아서 잘해주세요."

방혜리가 흔들림 없는 목소리로 답했다.

"감사합니다."

"방 팀장도 알겠지만 아직 한국은 나이에 대한 반감이 강해요. 그래서 부하 직원들은 방 팀장보다 나이가 어린 사람들로 구성했어요. 이해하죠?"

"충분히 예상하고 있었습니다."

"일을 추진하는 데 어려운 점이 있거나, 회사 내에 불미스러운 점이 있다면 바로 말해주세요. 느꼈다시피 우리는 능력에 걸맞은 대우를 할 겁니다."

해외 출판물 편집 팀장.

방혜리가 맡은 직함이었다. 앉아 있던 방혜리가 물었다.

"궁금한 게 하나 있습니다."

"뭐든 말씀하세요."

"영국, 그리고 프랑스에서 지금 시점에 이렇게 급하게 출판하신 목적이 혹시……."

"하하, 역시 우민이 말했던 그대로군요. 척하면 척이라더니 맞습니다. 그 상을 염두에 두고 있는 겁니다."

앉아 있는 방혜리의 두 주먹이 몇 번이고 쥐었다 펴졌다. 손안에서는 식은땀이 흘러내리는 중이었다.

"과연 작가님이라 해야 할까요……."

"비용이 만만치 않다고 그렇게 반대를 해도 제 말을 들을 녀석이 아니었습니다. 방혜리 팀장과는 말이 좀 통하는 듯하니 앞으로 우민이 녀석 잘 부탁합니다."

거기에 한 가지 더.

이우민 작가 담당.

이제 책이 쌓이고 일이 많아지며 손석민 혼자로는 벅차려는 중이었다.

"아, 아닙니다. 오히려 제가 영광입니다."

방혜리가 한국의 조그마한 소기업 W 출판사에 입사한 이유는 오직 한 가지였다.

이우민.

그에 대한 팬심이 가장 컸다. 그가 잘되기를 바라는 마음.

그의 작품을 가장 먼저 보고 싶다는 마음.

혹시나 그가 쓴 작품을 세상 누구보다 가장 먼저 받아 오타를 잡아낸다거나, 글의 방향성을 논할 수 있다면 더 이상 바랄 것이 없을 것 같았다.

그 꿈이 이루어졌다.

"우민이가 글을 보내면 가장 먼저 방 팀장한테 보내줄 겁니다."

방혜리는 속으로 환호성을 질렀다. 그러나 겉으로는 여전히 얼음과도 같은 표정을 유지했다.

*   *   *

"'그래도 사랑한다' 있어요?"

"먼저 신분증 확인 부탁드립니다."

점원의 말에 앳되어 보이는 남자 학생이 주머니에서 주민등록증을 꺼내 들었다.

직원은 몇 번이고 얼굴을 다시 한번 살펴보았다.

"혹시 주민등록번호 확인 가능할까요?"

"89××××에, 음……."

남자아이는 순간적으로 말을 잇지 못했다.

"죄송합니다, 고객님. 해당 서적은 미성년자에게 팔지 못하게 되어 있습니다."

"저, 미, 미성년자 아니에요."

남자아이가 우기자 직원이 보안 요원을 부르려 했다. 그제야 남자아이는 주민등록증을 챙겨 자리를 벗어났다.

"에고, 힘들다."

판매 직원 김성미는 얕은 한숨을 내쉬었다. 이우민 작가가 출판한 청불 서적 덕분에 직원들의 업무가 가중되고 있었다.

별도의 공간에 보관하여 판매해야 하는 점, 판매를 원하는 고객들에게 일일이 신분 확인을 해야 한다는 점에서 처음에는 팔지 않으려 했다.

─혹시 이우민 작가 신작 있나요?

─'그래도 사랑한다' 여기는 팔아요?

─그, '그래도 사랑한다' 있다고 해서 전화했는데요.

빗발치는 문의에 서점 업무가 마비될 정도였다. 결국 타 체인의 대형 서점이 이우민 작가의 책을 팔기 시작했다.

판매 결정이 났다는 뉴스가 나오자마자 서점에 긴 줄이 생겨났다. 어쩔 수 없이 김성미가 근무하는 서점에서도 '19세 미만 구독 불가'라는 빨간 딱지가 붙은 이우민 작가의 신작을 팔기 시작했다.

그런 김성미에게 동료 직원이 다가와 물었다.

"성미 씨, 혹시 책 재고 남았어요?"

"거의 다 떨어져 가요."

"그러면 3권만 빼줄래요?"

"지금 20권밖에 안 남았는데… 그중 5권을 벌써 박 주임님이 부탁하셔서……."

김성미가 말을 얼버무렸다.

"에이, 내일 내가 점심 살 테니까 부탁 좀 해요."

계속해서 거부하다가는 직장 내에서 밉상이 될 수도 있었다. 김성미가 할 수 없이 고개를 끄덕였다.

"아, 알겠습니다. 3권 빼놓을게요."

"퇴근할 때 부탁해요."

이런 청탁이 하루에도 몇 번씩 자신에게 왔다. 진열을 할 수 없기 때문에 책은 계산대 아래에 있는 공간에 직접 보관한다. 날개 돋친 듯 팔려 나가기 때문일까, 책은 수량이 없어 팔지 못할 지경이었다.

그렇게 몇 권 남지 않은 책마저 직원들이 알음알음 사가기에 일반 소비자들은 꽤나 발품을 팔지 못하면 구하기조차 힘들었다.

"하긴 책이 재밌기는 재밌지. 약간 야하기는 하지만 그렇다고 청불을 걸 것까지 있었나……."

김성미 자신도 읽어보았다. 선정적인 내용이 분명 존재했다. 그러나 읽는 내내 문학적 가치도 있을 것 같다는 느낌이

왔다.

"청불을 풀어줄 때까지 '그래도 사랑한다'를 증쇄하지 않겠다니, 쩝."

간행물윤리위원회에서 이우민 작가의 책을 '청소년 유해 도서'로 선정하는 순간 W 출판사에서도 공식 성명을 발표했다.

이미 시중에 유통된 책을 다시 수거해 빨간 딱지를 붙여 판매하겠다. 그러나 이번 조치에 항의하는 의미에서 증쇄를 하지는 않겠다.

이우민 작가의 네임밸류.

거기에 신작의 파괴력이 더해지며 책은 품귀 현상이 벌어졌다. 김성미가 근무하는 서점에서도 이제 20권의 재고밖에 남지 않았다.

"'그래도 사랑한다' 있어요?"

"네, 고객님. 신분증 확인 부탁드립니다."

"여기요."

신분증을 확인한 김성미가 책을 건넸다.

이제 19권.

직원들이 예약한 8권을 빼면 11권밖에 남지 않았다. 김성미가 근무하고 있는 서점에서도 곧 책이 동날 판이었다.

　　　　　*　　　　　　*　　　　　　*

작가 그룹 사무실에 도착한 손석민이 혹시나 하여 물었다.

"혹시나 해서 묻는 건데 증쇄 안 할 거지?"

우민의 대답은 한결같았다.

"네."

"그럴 줄 알았지만 혹시나 해서 물어본 거야."

손석민에게서 진한 아쉬움이 묻어났다. 매일같이 서점에서 증쇄 요청이 쇄도하는 중이었다.

애초에 청불 판정을 받을 거라 생각하고 초판을 오만 부가량밖에 찍지 않은 것이 실수였다.

이내 혼잣말을 중얼거렸다.

"에이, 한 50만 부 찍어낼걸."

"하하. 그러게 제가 뭐라고 했습니까. 한 백만 부 찍자고 했잖아요."

"회수해서 스티커 붙이고 다시 내보냈을 때 안 팔리면 그 손해가 아까워서 그랬지……"

"이제 W 출판사 규모 정도면 그렇게 보수적으로 접근하지 않으셔도 되잖아요."

손석민이 털썩 소파에 앉았다.

"녀석아, 사업은 언제나 보수적으로 접근해야 돼. 안 그러면 순식간에 망한다."

"제가 소속되어 있는 이상 그럴 일은 없을 겁니다."

손석민이 헛웃음을 터뜨리며 말했다.

"하긴. 아무리 명심하고 있어도 잊어버릴 때가 있어." ·

"영국이나 프랑스 쪽은 판매량이 어때요?"

"맞다. 그 얘기 하러 왔지."

손석민이 품속에서 봉투 하나를 꺼내 우민에게 건네주었다.

"이게 뭐예요?"

"한번 열어봐."

봉투 안에 들어 있던 건 10억짜리 수표.

한눈에 헤아리기 힘들 정도의 '0'이라는 숫자가 우민의 눈을 사로잡았다.

"일, 십, 백, 천, 만… 십억?"

"그래, 신작 정산한 돈이다. 한번 이렇게 주고 싶었어."

"아저씨도 참……."

"통장에 수만금이 쌓여 있어도 왠지 내 돈 같지가 않잖아. 이렇게 딱 눈앞에서 실물로 봐야 우리가 얼마나 벌어들이고 있는지 실감 나지 않겠어?"

"저도 은행 거래만 하다가 10억짜리 수표는… 처음 보네요."

우민은 괜히 수표를 들어 전등 빛에 비춰보았다.

"이거 찾아오는데 나도 심장이 벌렁거리더라. 수표 번호는 따로 적어놨으니까 잃어버려도 괜찮다. 너무 걱정하지 마."

"하하, 걱정 안 합니다. 그나저나 아직 연락은 없나요? 이제 슬슬 시즌이 된 것 같은데."

"아직 없더라. 뭐, 네가 한 말이니 그렇게 될 테지만… 나는 아직 잘 믿기지가 않는구나."

"곧 믿게 되실 겁니다. 10월에는 영국에서, 12월에는 프랑스에서 연락이 올 테니까요. 우리나라에서 청소년 유해 도서로 선정된 제 글이 세계에서 인정받는다면, 참 재밌어지겠네요."

"너 어째… 그걸 기다리고 있는 것 같다?"

"그래야지 세계 3대 문학상 중 마지막 하나를 탈 가능성이 높아질 테니까요."

"그, 그래."

대답을 하던 손석민은 영국의 맨부커, 프랑스의 공쿠르 상을 마치 옆집에 맡겨놓은 물건 취급하는 우민의 태도를 마치 당연한 것처럼 받아들이고 있는 자신을 발견했다.

＊　　　　＊　　　　＊

근래 장완석의 관심사는 하나였다.

이우민의 몰락.

곧 촬영에 들어가는 '배틀 걸'보다 이우민이라는 '빌어먹을 놈'의 일거수일투족에 더 관심이 갔다.

"와, 이 자식 보소. 인기 끌려고 이제는 야설까지 손을 대네."

기가 찬 장완석이 코웃음을 터뜨렸다.

"'그래도 사랑한다'? 제목하고는. 무슨 쌍팔년도 소설도 아니고."

영화사 직원의 말로는 시중에 물량이 없어 겨우 구한 책이라고 했다. 이런 제목을 한 '야설'이 팔린다니 장완석은 대중들의 마음은 알 것 같다가도 모를 것 같았다.

"하긴 개, 돼지 취급을 받는 이유가 있는 거겠지."

장완석은 일종의 '성인 소설'로 대히트를 치고 있는 우민의 책을 펼쳐 보았다.

"흡……."

첫 페이지부터가 듣던 대로 무척 자극적이었다.

"이 새끼 지 욕망을 여기다 푼 거 아냐……."

혼잣말이 잦아들며 차츰 책에 집중해 나가기 시작했다. 인성은 바닥이라도 감독으로서의 능력은 기본 이상 갖추고 있는 만큼 장완석도 활자에 친숙했다.

우민이 마련해 놓은 만찬에 자연스럽게 손이 갈 수밖에 없었다.

그건 '활자'를 읽을 수 있는 사람들이라면 누구에게나 해당되는 일이었다. 장완석도 마른침만 꿀꺽꿀꺽 삼키며 우민의 책을 읽어나갔다.

일말의 미동도 없었다.

보고를 하기 위해 들어왔던 직원들은 조용히 문을 닫고 다시 나갔다.

그렇게 3시간여가 지났을까. 장완석이 눈을 껌벅이며 몸을 뒤로 뺐다.

"헉… 허억, 허억."

가쁜 숨을 내쉬면서도 목울대를 꿀렁거리며 침을 삼켰다. 끊임없이 목이 말라왔다.

"뭐 이런 책이 다 있어."

봐서는 안 될 금서를 봐버렸다. 멋대로 머릿속에 들어온 우민의 캐릭터들이 활개를 치는 통에 아무런 생각도 들지 않았다.

그제야 책을 건네주던 직원의 말이 떠올랐다.

"그런데 한 가지 유념하셔야 할 게 있는데… 이 책을 본 많은 사람들이 약간의 중독 증상이 있어요. 캐릭터가 머릿속에 떠다닌다는 둥, 마치 소설 속 세상에 살고 있는 것 같다는 착각? 그런 걸 일으킨다고 하더라고요."

"그래서 '마약 작가'라는 수식어가 재조명받고 있습니다."

무슨 말도 안 되는 소리냐며 흘려들었지만, 직접 경험해 보니 알 것 같았다.

"다음 권은 안 내나……."

장완석은 끝내 아쉬움을 이기지 못하고 비슷한 종류의 다른 글은 없나 인터넷을 뒤졌다.

*　　　　*　　　　*

국민 신문고.

조선시대 초기 억울한 백성이 나라에 호소할 수 있도록 배치해 둔 북의 이름에서 어원을 따온 것으로, 국민들이 불편한 점이 있거나 제안할 것이 있으면 해당 사안을 올릴 수 있는 곳이었다.

그곳에서 조회 수를 기준으로 정렬했을 때 최상위에 노출된 글이 하나 있었다.

—'그래도 사랑한다' 청소년 유해 도서 선정 해제 청원. 조회 수 72,311.

7만이 넘어가는 조회 수를 클릭하여 들어가면 그 밑에 달려 있는 댓글만 해도 수천 개를 넘어가는 중이었다.

뿐만이 아니었다.

제안 평점.

수많은 인원이 참여했음에 불구하고, 5점 만점에 4.9를 기록 중이었다.

매일 해당 게시판을 모니터링해야 하는 국민권익위원회 소속 9급 공무원 박성식은 해당 내용을 관련 부서인 간행물윤리위원회로 보내보았지만 돌아온 대답은 '불가'였다.

"도대체 나보고 어쩌라고."

벌써 몇 번째 글이 올라오는 건지 몰랐다. 글이 올라올 때마다 '간윤'으로 보냈고, 돌아온 대답은 한결같았다.

불가.

그렇게 답변을 달고 나면 채 수 분도 지나지 않아 비슷한 내용의 글이 또다시 올라왔다.

마치 죽여도 죽지 않는 좀비 같았다.

"또… 야."

제안이 올라오면 해당 부서에 제안 내용을 보내 빠르면 일주일 안에 피드백을 줘야 한다.

그게 규칙이었다.

이번에도 불가 판정이 나오겠지만, 그래도 '간윤'에 해당 사실을 통보해야 했다.

"휴우."

담당 공무원의 한숨이 깊어져 갔다.

간행물윤리위원회 회의실.

현재 논란이 되고 있는 '그래도 사랑한다'를 심사하기 위해 전문 위원들이 모여 있었다.

"외설입니다."

"예술입니다."

"허허 참, 몇 번을 말씀드립니까. 남녀 간의 정사 장면이 저리도 정밀하게 묘사되어 있는데 어찌! 그런 말씀을 하십니까. 저걸 예술이라고 하면 청소년들이 뭘 보고 배우겠습니까."

"문학이 가진 힘을 배우겠죠."

"이런 걸 보고 그런 말이 나오십니까? 말세야. 말세."

"단편적인 묘사 부분만 보지 마시고, 전체적인 맥락에서 읽어보세요. 남녀로 표현되고 있는 시대의 불평등은 보이지 않는단 말입니까?"

두 전문 위원의 심사는 평행선을 달렸다.

"책을 팔기 위해 정사 장면에 집착한 작가의 아집만이 보입니다."

"그게 바로 위원님의 아집이에요! 왜 작품의 본질은 보려 하지 않으십니까."

"본질이요? 이 작품에 봐야 할 본질이라도 있습니까? 지금 시중에 풀린 이 책을 보겠다고 청소년들이 신분증까지 위조해서 책을 찾는 실정입니다. 당신 말이 맞다고 쳐도, 청소년들이 그 본질을 볼 수 있습니까? 그저 잘 쓴 성인 소설 한 편 봤다고 생각하겠죠."

"만약 정말 그렇다면… 우리나라 국어 교육이 잘못된 방향으로 진행되어 왔다는 뜻이겠죠."

"허허, 참."

유해 불가 선정돼야 한다는 의견을 주장하던 위원이 답답하다는 듯 긴 한숨을 내쉬었다.

반대 의견을 내던 위원도 답답하긴 마찬가지였다.

"만약 이 책이 외국에서도 출판되어 세간의 인정을 받게 되면 어찌하실 생각입니까?"

대부분의 책이 한국에 먼저 출간되고, 번역 기간을 거쳐 외국에 출판된다. 최소 일 년은 걸리는 일.

위원의 답변은 단호했다.

"그럴 일 없습니다."

툭.

프랑스 말로 된 책 한 권이 책상 위로 올라왔다.

"이게 뭡니까?"

책을 던진 위원이 아무 말 없이 또 다른 표지의 책을 책상 위에 던졌다. 이번에는 영어로 된 제목이었다.

그나마 영어는 읽을 줄 아는지 제목을 읽어나갔다.

"그래도 사랑한다?"

"영국, 프랑스, 미국 등지에 이미 출판돼서 쫙 깔렸습니다. 팔리는 양도 한국과는 비교할 수 없을 정도입니다."

"……."

"그럴 일 없다고 하셨습니까? 그런데 어쩌죠. 제가 알고 있는 평론가들은 하나같이 이 책에 최고라는 찬사를 보내고 있습니다."

그날 회의는 끝내 결론을 내지 못하고 마무리되었다.

*   *   *

10월 초 프랑스.

한 레스토랑 앞에 수많은 기자들이 카메라를 들고 누군가를 기다리고 있었다. 그 기자들 틈에 W 출판사 직원인 방혜리도 있었다.

'아무리 작가님이라지만 공쿠르 상에 자신이 선정된다고 그렇게 확신하시다니… 그건 좀 오버 같은데.'

그뿐만이 아니었다. 10월 말에 있을 영국 맨부커 상도 자신이 탈 거라고 했다.

'그럴 수가 있나.'

아무리 열혈 팬이지만 방혜리는 도저히 믿기지가 않았다. 손석민도 우민의 생각과 같은지 방혜리를 이곳에 보냈다.

오는 내내 고민해 보았지만 답은 한 가지였다.

'공쿠르, 맨부커면 세계 3대 문학상에 꼽히는 것들인데. '그래도 사랑한다'로 그 두 개를 동시에 받을 수 있다니······.'

세계 3대 문학상.

프랑스의 공쿠르, 영국의 맨부커, 그리고 스위스의 노벨 문학상. 이 세 개를 지칭하는 말이었다. 이 중 어느 것 하나 타기 쉬운 건 없었다. 특히나 프랑스의 공쿠르 상은 프랑스의 작품만을 대상으로 했다.

물론 맨부커 상도 마찬가지였다. 근래 '맨부커 인터네셔널' 같은 상이 생겨 영미권에서 출판된 책이 아니더라도 상을 받을 수는 있었다.

하지만 우민이 노리고 있는 건 '맨부커 상'.

'굳이 프랑스, 영국에 직접 번역한 책을 낸 이유가 이거였나.'

상을 받을 수 있는 작품에 선정되기 위함이었다.

'휴우··· 뭐, 곧 알게 되겠지.'

약간의 떨림이 찾아왔다. 마치 로또를 기다리는 듯한 기분

마저 들었다.

'시간이 꽤 걸리네.'

아직 레스토랑의 문은 열리지 않고 있었다.

공쿠르 상은 10명의 종신 회원이 레스토랑에 모여 수상자를 결정한 다음 바로 점심 식사를 하는 것으로 알려져 있다. 상금은 겨우 10유로에 불과하지만 그 권위만큼은 돈의 가치로 환산되기 힘들었다.

또한 상을 수상하게 되면 책이 불티나게 팔려 나가기 때문에 상금 액수가 낮아도 별문제가 없었다.

기다리던 방혜리가 초조함을 감추지 못하고 또다시 긴 한숨을 내쉬었다.

'휴우……'

안 될 거라 생각은 하고 있었지만 '이우민'이라면 또 모른다는 생각에 자꾸 기대를 하게 된다.

그래도 사랑한다.

그 책을 읽는 순간 다시 한번 깨달은 점이 있었다. 자신이 하버드를 졸업하고, 세계 유수 기업들이 아닌 W 출판사를 선택한 이유.

이 작가의 글을 가장 처음 보고 싶다.

이우민 작가의 글에 완전히 매료되어 버렸다.

영문학을 전공하며 무수히 많은 작품들을 읽어보았다. 그

속에는 셰익스피어의 작품도, 헤밍웨이, 도스토예프스키의 작품들도 있었다.

세계적인 작가들이 쓴 그 어떤 작품들도 자신의 상상력을 이토록 완벽하게 통제하지는 못했다.

글을 읽고 있었지만 마치 잘 만들어진 영화를 보는 듯한 기분이 들었다.

'글을 보면서 영상을 보는 듯한 느낌이 든 건 아마 처음이었지.'

글이 영상과 다른 점은 독자가 마음껏 상상을 하며 읽을 수 있다는 점이었다.

하지만 이우민 작가의 글은 달랐다.

이우민 작가의 글을 처음 봤을 때의 그 충격.

통제.

'그래도 사랑한다'는 작가의 통제력이 한층 강화되어 정말 어떠한 여지도 주질 않았다. 방혜리가 생각에 빠져 있는 사이, 레스토랑 문이 열리고 초로의 신사가 모습을 드러냈다.

프랑스.

공쿠르 상이 발표되는 바로 옆 카페에 앉아 에스프레소에 혀를 댄 우민이 미간을 찌푸렸다.

"아우, 써!"

"이건 어른들의 음료라고 내가 말했잖아."

"어른들은 무슨. 이렇게 쓰기만 한 걸 무슨 맛으로 먹냐."

우민은 한국에서 많이 먹었던 아메리카노를 떠올렸다. 프랑스에서 파는 커피는 에스프레소. 자신이 먹기에는 너무 썼다.

카타리나가 그런 우민을 보며 웃음을 감추지 못했다. 사실 그저 보고 있는 것만으로도 흘러나오는 웃음을 참기 힘들었다. 관계의 정의 이후에 생긴 변화였다.

"오오, 발표하려나 보다. 두구두구두구! 정말 네 말대로 될지 아니면 탈락의 고배를 마시게 될지."

우민의 눈썹이 살짝 치켜 올라갔다.

"남자 친구의 말을 못 믿는단 말이야?"

"헤헤, 너무 허황된 말을 하니까."

"후후, 두고 보라지."

우민은 의미심장하게 웃어 보였다.

"맨부커, 공쿠르가 정말 너를 수상자로 선택한다는 걸 믿지 못 하는 게 정상이잖아."

우민이 장난스럽게 정색을 하며 물었다.

"네 남자 친구가 누구지?"

"세계 최고의 작가?"

"정확히는 세계가 최고라 인정한 작가지."

우민의 말이 끝나갈 즈음 발표가 막 시작되었다.

　　　　　　*　　　　　　*　　　　　　*

　총 다섯 개 분야에 대해 수여하는 작품들 중 우민의 작품
도 분명하게 들어가 있었다.

　우민이 입꼬리를 올리며 씩 웃어 보였다.

　"자, 그럼 이제 영국으로 가볼까?"

　카타리나도 우민을 따라 자리에서 일어났다.

　　　　　　*　　　　　　*　　　　　　*

　맨부커.

　'한강'이라는 작가의 '채식주의자'라는 작품이 '맨부커 국제
상'을 수상하며 한국인들은 '맨부커'라는 이름을 접하게 되었
다.

　그전까지 문학에 관심이 없던 사람들도 '맨부커'라는 이름
에 열광했다.

　영국에서 수여된 권위 있는 상.

　자세한 건 알지 못해도 그 정도면 충분했다. 사람들의 열광
은 압도적인 판매 부수로 이어졌다. 한국에서도, 여타 다른 나
라에서도 전과는 비교할 수 없을 정도의 양이 팔려 나갔다.

2007년경 출간되어 약 6만 부가량 판매되었다고 알려진 책은 '맨부커 국제상'을 수상하고 나자 60만 부 이상이 팔려 나가며 단숨에 베스트셀러 1위를 기록했다. 그만큼 '맨부커'가 가지는 파괴력은 어마어마했다.

 그러나 우민의 위치는 이미 상의 권위에 기대지 않아도 될 정도였다. 그저 수상 발표가 나기 전 쇄도하던 증쇄 요청이 조금 더 강해졌다는 정도였다.

 손석민이 느끼기에 지금이 절호의 찬스였다.

 "우민아, 지금이 기회다. 증쇄하자."

 프랑스의 공쿠르.

 연이어 맨부커까지 수상했다.

 그 상이 가지는 권위와 역사를 생각한다면 일어날 수 없는, 일어나서는 안 되는 일이 일어났다.

 걸출한 작가가 세계적인 인정을 받게 되자 대한민국은 마치 자신의 일인 양 기뻐했다.

 '그래도 사랑한다'에 빨간 딱지를 붙인 '간행물윤리위원회'는 존립의 위협을 받고 있는 중이었다.

 "아저씨, 왜 명품이 명품으로 불리며 대중들의 사랑을 받고 있는지 아세요?"

 또다시 시작된 우민의 스무고개에 손석민이 두 눈을 질끈 감고 답했다.

"몰라, 모르겠으니까 그냥 말해봐. 그게 책을 증쇄하지 않는 이유와 무슨 연관이 있는지."

"희귀성. 누구나 가질 수 있으면 명품이 아닙니다. 나만 가질 수 있어야 해요. 세상 모든 사람들이 가지고 있어서는 안 됩니다."

잠시 말을 쉬던 우민이 앞에 놓여 있던 아메리카노를 한 모금 마셨다.

"역시 제 입맛에는 이게 딱이네요. 유럽에서 파는 에스프레소는 너무 쓰더라고요."

손석민도 커피를 한 모금 머금었다.

"그래서? 하던 말이나 계속해 봐."

"아저씨도 아시다시피 제 글은 이미 명품입니다. 그런데 책은 아니죠."

"그게 무슨 말이냐? 글은 명품인데 책은 명품이 아니라니."

손석민의 말을 살짝 무시하며 우민이 말을 이었다.

"누구나 가질 수 없다는 생각을 심어주려 합니다. 언제나 제 책을 살 수 없다는 인식이 박히도록요."

"그래서 중국이나 일본 쪽에서도 절판이라는 초강수를 둔 거냐?"

"저도 예상치 못한 몇몇 일들이 겹쳐지긴 했지만 방향성은 '명품', 그쪽이 맞습니다."

"그러니까 네 책을 아무 때나 살 수 있는 책이 아니다, 라는 희소성의 가치를 부여해 책이 출판됐을 때 사람들로 하여금 마치 아이폰처럼 줄 서서 사게 만들겠다. 뭐 이런 거냐?"

"뭐, 비슷합니다. 제 책을 사고 싶어서 안달이 나게 만드는 거죠."

"그거야 책이 재밌어도 그렇게 되잖아."

"그렇다고 해도 아저씨가 말씀하신 아이폰처럼 서점 앞에서 줄을 설 정도는 아닐 겁니다."

"흐음……."

손석민이 목이 말라 또다시 커피를 한 모금 마셨다.

"제 책이 출시되자마자 사람들은 서점으로 몰릴 겁니다. 언제 어디서나 구할 수 없는 책. 언제나 한정판 같은 느낌을 줄 테니까요."

긴 설명 뒤에도 손석민이 묻고 싶은 건 한 가지였다.

"그래서 정말 증쇄 안 할 거야?"

"조금만, 조금만 더 기다려 보시죠. 제가 또 밀당 하나는 기가 막히게 하잖아요. 지금은 밀어낼 때입니다."

우민을 말로 이긴다는 건 불가능하다는 걸 손석민은 진작 깨달았다.

손석민이 화제를 돌렸다.

"영화 촬영은 차질 없이 진행되고 있으니 걱정하지 말거라.

김 감독이 기대 이상으로 잘해주고 있는 모양이더라."

"어려웠던 오디션을 통과하고, 제임스 놀란의 인정까지 받은 분이니까요."

"해외에서 그 많은 스태프를 데리고 찍는 게 쉬운 일은 아닐 텐데 잡음이 거의 없는 모양이더라."

"오디션 전에 제게 찾아왔을 때부터 어느 정도 예상하기는 했습니다. 열정부터 능력까지 어느 것 하나 부족한 게 없었으니까요."

"내년 3월이면 촬영 끝난다니까, 편집하고 자잘한 것들 준비해서 여름이면 개봉할 수 있을 것 같구나."

말을 하던 손석민의 입가에 점점 진한 미소가 그려졌다. 생각만 해도 기분이 좋았다.

"하하, 그때가 바로 주식을 상장할 때군요."

"흐흐, 상장. 상장이라……."

"그렇게 좋으세요?"

"내가 준철이와 이 출판사를 만들 때 꾸었던 꿈이 이루어지는 건데 좋지. 암, 좋고말고."

"주식시장에 상장하고 세계 최고의 종합 엔터테인먼트 회사로 발돋움하는 겁니다. 이제 얼마 남지 않았어요."

"그래, 한번 해보자."

중쇄를 거부하는 우민 덕분에 걱정이 가득하던 손석민의

얼굴에 다시 불타는 의지가 자리 잡았다.

*　　　　　*　　　　　*

<19금 구독 불가 딱지가 붙은 '그래도 사랑한다', 세계 3대 문학상 중 공쿠르, 맨부커 수상>

<노벨 문학상에 한 걸음 더 다가간 그의 책 '그래도 사랑한다'는 왜 간행물윤리위원회의 외면을 받았나>

<이우민 작가, 아직 증쇄 예정 없다. 공식 입장 발표>

<'그래도 사랑한다' 한국어판 중고 시장에서 두 배의 가격으로 거래 중>

새해가 되었지만 우민은 여전히 책을 증쇄하지 않았다. 그 사이 '간행물윤리위원회'에서는 조용히 우민의 책에 붙어 있던 '빨간 딱지'를 풀었고, 수상을 축하한다는 짤막한 축전을 보내왔을 뿐이었다.

상을 수상한 이슈가 수면 아래로 사라지고 사람들의 기억 속에서 조금씩 멀어질 때쯤 우민은 부동산업자와 함께 가로수길 근처에 위치한 신구초등학교에 와 있었다.

우민이 가로수길 쪽으로 연결된 길을 손가락으로 가리키며 물었다.

"저기서부터 여기까지 하면 얼마 정도 될까요?"

"5층짜리 빌딩이 60억, 중간에 있는 단독주택이 30억가량 합니다. 빌딩이 세 채에 단독주택이 하나 있으니 210억… 되겠네요."

큰 액수에 말을 하던 업자가 꿀꺽 침을 삼켰다.

210억.

만약 거래가 성사된다면 떨어지는 콩고물만으로도 자신의 일 년 수입은 능히 넘을 액수였다.

"괜찮네요."

우민이 고개를 끄덕였다. 210억이면 지금까지 '그래도 사랑한다'의 해외 수입만으로도 충분했다.

그만큼 책은 해외에서 폭발적인 인기를 불러일으키며 판매되고 있었다.

이미 영화, 드라마 제의가 빗발치고 있는 중이었다.

"그, 그러면 거래하시는 겁니까? 진행할까요?"

업자의 얼굴에 화색이 돌았다. 우민이 천천히 발걸음을 움직였다. 부동산 업자가 마치 똥 마려운 강아지처럼 그 뒤를 따랐다.

"왜… 더 자세히 보시지 않고요. 안으로 들어가서 보시면 더 마음에 드실 겁니다. 제가 이미 확인해 봤는데 내부 인테리어도 깔끔해서 공실이 거의 없습니다. 근처 어딜 돌아다녀

봐도 저만한 물건 구하는 게 쉬운 일이 아닙니다."

마음이 급한지 쉴 새 없이 입을 놀렸다. 걸음을 옮겨 바로 옆 블록으로 이동한 우민이 입을 열자 그제야 말을 멈추었다.

"여기서부터 저기까지는요?"

우민이 가리킨 건 블록의 시작과 끝.

미처 예상치 못한 질문에 당황한 업자가 쉽사리 대답하지 못했다.

"이렇게 두 개 블록을 매매하고 싶은데, 가능할까요?"

"가, 가능하고말고요! 당장 알아보겠습니다."

업자가 큰 소리로 답했다. 두 개 블록이라니. 이 거래를 잘 처리하면 2년치, 아니, 그 이상의 돈을 벌 수 있다.

해야 한다.

이건 무조건 해야 한다는 생각만이 가득했다.

출판한 작품의 숫자가 늘어날수록 여러 좋은 점이 있지만 가장 좋은 점은 따로 있었다.

"어느 정도냐 하면… 네가 처음에 출판한 '달동네 아이들'도 지금 10만 부 중쇄했다. 해외를 돌아다니며 조금씩 써낸 수필들도 출판해 달라고 사람들이 난리야. 출판사 게시판에 매일 올라오는 글만 해도 수백 건이다."

"그러니까 '그래도 사랑한다' 덕분에 '떨어진 달' 이전에 출판했던 작품들도 잘 팔린다는 말이잖아요."

"잘 팔리는 정도가 아냐. 이건 웬만한 베스트셀러 찜 쪄 먹을 정도로 팔리고 있다."

"그렇지 않아도 돈이 좀 필요했는데 잘됐네요."

"왜, 이번에는 무슨 짓을 꾸미기에 돈이 필요해."

우민이 헛웃음을 터뜨렸다.

"하하, 제가 무슨 짓을 꾸미다니요. 그냥 부동산 몇 개 사려고요."

우민을 알아온 지 이미 십수 년이다. 손석민의 감은 단순한 일이 아니라 말하고 있었다.

"한 100억짜리라도 샀어? 요 몇 달 지급된 인세만 해도 수백억은 넘을 텐데 돈이 더 필요하다니. 말이 된다고 생각하냐?"

"역시 날카롭네요. 한 400억? 가량 쓸 것 같아서요."

"…400억?"

"네. 거기 신구초등학교 근처 아시죠? 그 근처에 두 개 블록 정도를 샀거든요."

손석민도 알고 있는 곳이다. 바로 여기 우민의 작가 그룹 사무실이 있는 곳 근처 아닌가.

가로수길 대로변의 100억이 넘어가는 빌딩만큼은 아니지만 꽤나 값비싼 곳이었다.

그곳의 두 개 블록을 샀다니… 그런 말을 너무나 쉽게 하는 우민에게 약간 기가 질려 버렸다.

"왜… 노후 대비라도 하는 거냐?"

"하하, 아니요. 제가 몇 살인데 벌써 노후 대비를 합니까."

"그러면 왜, 거기서 카페라도 하나 열려고?"

"이제 슬슬 '그래도 사랑한다' 증쇄할 때가 된 것 같아서요."

손석민은 우민이 하려는 일이 무엇인지 바로 감을 잡았다.

"너 설마… 거기서 책을 판다거나 뭐 그런 걸 생각하는 거냐?"

"하하, 이제 눈치가 빠르시네요. 이제 가로수길이 아니라 '이우민 거리'라고 불러야 할 겁니다."

어차피 말려도 소용없다. 손석민은 그저 우민이 하려는 일이 잘되기만을 빌었다.

며칠 뒤.

우민이 카타리나를 데리고 자신이 매매하려고 하는 건물 주변으로 데려갔다.

"그러니까 여기서부터 저기까지가… 다 네 거라는 말이지?"

카타리나의 말에 우민이 고개를 끄덕였다.

신사동 가로수길.

그 안쪽에 위치한 신구초등학교 근처 한 블록에 위치한 빌딩, 단독주택들을 전부 사버렸다.

두 개의 블록에 위치한 다세대주택에서 단독주택. 그리고 몇 채의 상가 주택 건물까지.

카타리나도 떡 벌어진 입을 다물지 못했다.

"정말로 내가 지금까지 한 바퀴 돈 그 건물들이 전부 네 거란 말이지?"

"그렇다니까. 방금 계약서에 도장 찍고 왔어. 계약 마무리까지 두어 달 걸리기는 하겠지만."

"여기다가 작가들을 모으고, 그들이 써낸 책을 바로 살 수 있는 거리를 만들겠다… 이 말이지?"

우민이 아이처럼 잔뜩 흥분한 얼굴로 말했다.

"첫 시작은 내가 될 거야. '그래도 사랑한다'를 이곳에서만 독점 공급, 사람들을 끌어모으는 거지. 뿐만 아니라 영어, 중국어, 일본어로 된 책들도 공급할 거야."

"그런 장소라면 이미 파주에 있잖아."

우민이 말하는 장소는 이미 파주에 존재했다.

파주 출판 도시.

그 이름에 걸맞게 수많은 출판사와 인쇄소들이 위치해 있는 곳이었다.

그러나 단 하나 없는 게 있었다.

"거기에는 작가가 없잖아."

우민의 그 한마디로 카타니라가 조용해졌다.

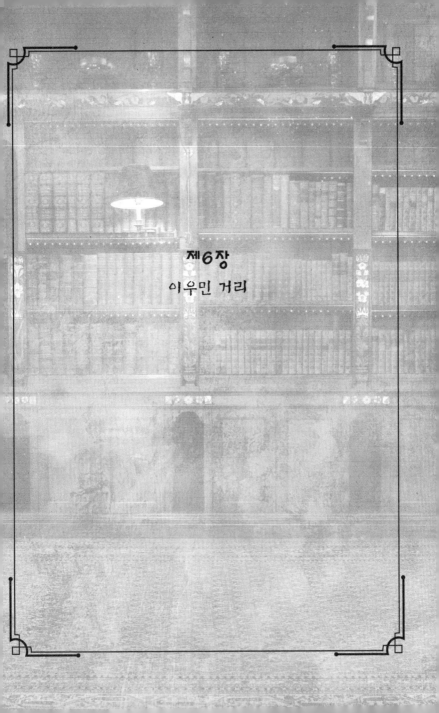

제6장
이우민 거리

새해.

신정이 지나고 구정이 되었다. 설날을 맞이해 민족 대이동
이 시작되었고, 우민도 세배를 드리기 위해 어머니 집을 찾았
다.

압구정 신현대아파트.

한강이 보이는 곳은 40억 대를 호가하는 걸로 알려진 곳이
었다.

집에 들어서자마자 잘 정렬된 책들이 눈에 띄었다.

모두 우민의 책.

잠시 책을 살피던 우민을 반긴 건 손석민이었다.

"왔구나."

"네, 안녕하세요. 아… 저씨."

우민이 뒷말을 얼버무렸다. 두 분이 결혼을 하고 신혼여행까지 다녀왔지만 아직 아버지라는 말이 나오질 않았다.

손석민은 전혀 개의치 않아 하며 안쪽으로 안내했다.

"여긴 처음이지? 은영 씨가 네 책들은 꼭 잘 보이는 곳에 둬야 한다고 해서 현관문 앞에 뒀다."

은영 씨라는 말이 아직 어색했다. 우민이 좀 더 안쪽으로 발걸음을 옮겨보았다.

앞치마를 두른 엄마가 주방에서 한창 일을 하고 있었다.

"엄마, 나 왔어."

두 손에 하얀 밀가루가 묻어 있는 박은영이 버선발로 달려와 우민을 안았다.

"잘 왔다. 네가 좋아하는 만두랑 송편 만들어놨으니까 많이 먹어야 된다."

"하하, 알았어."

그 모습을 손석민이 흐뭇하게 보고 있을 때 벌컥 하는 소리와 함께 빨간 머리 숙녀가 모습을 드러냈다.

"집도 코앞이면서 왜 이렇게 늦었어?"

"넌… 언제부터 온 거야?"

카타리나는 대답하지 않은 채 부엌으로 달려가 신이 난 목소리로 말했다.

"이것 봐라. 이 떡국 내가 끓였어. 한번 먹어봐. 어머님은 이미 인정하셨어."

카타리나가 몸을 배배 꼬며 뒷말을 이었다.

"이제 시집가도 되겠다고 하시더라."

카타리나 덕분에 우민은 약간 우울해지려던 마음이 풀어짐을 느꼈다. 집으로 들어선 내내 굳어져 있던 표정도 서서히 풀어졌다.

"새해 복 많이 받으세요."

우민이 절을 하자 카타리나도 동시에 허리를 숙이며 무릎을 구부렸다.

어여쁜 새색시의 모습.

마치 신혼부부가 문안 인사를 드리러 온 것 같은 광경이었다. 박은영이 환하게 웃으며 말했다.

"그래, 둘이 올해는 꼭 결혼해서 떡두꺼비 같은 아들 낳아보자."

우민이 당황하여 어버버거리는 사이 카타리나가 수줍게 미소 지었다.

"호호, 어머님도 참. 힘닿는 데까지 낳아볼게요."

우민의 입이 떡 벌어졌다.

"두, 둘이 무슨 소리를 하는 거야."

"무슨 소리기는. 장성한 성인 남녀가 만났으면 당연히 결혼하고, 애를 낳는 거 아니겠냐."

박은영의 말에 카타리나가 연신 고개를 주억거렸다.

"너, 넌 또 뭘 고개를 끄덕여."

"그러면, 즐길 거 다 즐기고 나 버리려고 했어?"

카타리나의 도발적인 말에 일동의 시선이 모두 우민에게 꽂혔다. '즐기고 버린다니'. 카타리나의 단어 선택에 우민의 당황스러움은 커져만 갔다.

귀가 벌겋게 달아오르고 벌어진 입을 다물어질 줄 몰랐다. 박은영이 한마디를 더 보탰다.

"우민아, 자고로 남자라면 책임을 질 줄 알아야지. 미국에서 너 하나 보고 한국에서 이렇게 고생하고 있는 아이다. 그러면 못 써."

"어, 엄마. 그런 게 아니라."

카타리나가 입가에 짙은 미소를 지으며 말했다.

"호호, 어머님, 저도 우민이가 그러지 않을 거라 믿고 있어요."

카타리나가 말을 하며 우민을 돌아보았다.

"너 '즐기다 버리는' 그런 남자 아니지? 그렇지?"

카타리나의 등 뒤에서 검은색 오오라가 피어오르는 것 같았다. 우민은 한 가지 답을 내놓을 수밖에 없었다.

인사를 마치고 식사 자리.

떡국을 한 숟가락 떠서 입에 넣은 우민이 꼭꼭 씹으며 맛을 음미했다. 옆에 앉아 있던 카타리나는 긴장한 기색이 역력했다. 이미 박은영과 손석민에게는 엄지손가락을 들게 할 만큼 맛을 인정받았다. 그간 한국에서 요리 학원에 다니며 노력한 덕분이었다.

그러나 우민에게 요리를 해준 적은 단 한 번도 없었다.

숨겨둔 비장의 무기 같은 거랄까?

그 무기가 지금 빛을 발하려는 순간이었다.

"으음……."

우민이 잠시 뜸을 들였다. 박은영이 먼저 분위기를 조성했다.

"어떠냐? 엄마는 이 정도 실력이면 며느리 삼아도 된다고 보는데."

옆에 있던 손석민도 한마디 거들었다.

"하하, 이 아저씨도 맛있더라. 물론 우리 은영 씨 손맛을 따라오려면 한참 멀었다만."

카타리나가 손으로 입을 가리며 웃어 보였다.

"호호, 어머님 손맛을 제가 어떻게 따라가겠어요."

돌아가는 상황을 보던 우민이 헛웃음을 터뜨렸다. 카타리나가 어떻게 구워삶았는지 모르지만 온 가족들이 그녀를 응원하는 중이었다.

맛도 그리 나쁜 편은 아니었다. 오히려 꽤나 준수하다고 할 수 있었다.

그간의 노력이 가히 짐작되는 맛이었다.

"뭐라 말할 게 없이 맛있네요. 타냐, 이건 또 언제 배운 거야? 매일 글 쓴다고 정신없을 줄 알았는데… 이거 과제를 더 내줘야 하나."

과제.

우민이 작가 그룹 사무실 사람들에게 내주는 일종의 숙제였다.

"호호, 얘는 과제를 내준다니. 밥 잘 먹고 무슨 그런 무서운 소리를 하니."

우민의 맛있다는 말에 기분이 좋은지 카타리나는 싱글벙글이었다.

후르릅.

그 뒤로 즐거운 식사 시간이 이어졌다. 오랜만에 먹어보는 집 밥. 거기에 맛까지 만족스러웠기에 우민은 배가 두둑하도록 숟가락을 움직였다.

박은영은 아쉬움에 한 번 더 우민을 잡았다.

"좀 더 있다가 가라니까."

"그냥 가서 할 것도 있고, 오래 있었잖아. 엄마도 쉬어야지."

"이제껏 쉬었는데 뭘 또 쉬어. 있어도 된다니까."

손석민도 박은영을 거들었다.

"그래, 우민아. 좀 더 있다 가도 괜찮다. 설날에 무슨 일을
하려고."

"공사가 잘 진행되고 있는지도 봐야 하고, 쓰던 글도 마무
리 지어야 해서요."

카타리나가 퍽 소리가 나도록 우민의 등을 후려쳤다.

"어머님이 좀 더 있다 가라시는데 뭔 말이 그렇게 많아! 자
고로 부모님 말씀 잘 들어야 성공하는 법이야!"

갑작스러운 충격에 우민이 뒤를 돌아보았다. 박은영이 빠르
게 말을 이었다.

"그, 그래. 과일이라도 먹고 가. 김치도 가져가야지."

박은영의 표정을 보아서일까. 우민도 쉽사리 발걸음을 옮기
지 못하고 다시 자리에 앉았다.

디저트까지 먹고, 두 손 바리바리 반찬거리를 들고 나서야
집을 떠날 수 있었다.

트렁크에서 은은히 풍기는 김치 향이 오늘 있었던 일을 떠올리게 만들었다.

"왜, 이제 네 집 같지가 않아?"

우민은 군이 대답하지 않은 채 묵묵히 차를 몰았다.

"나도 어릴 때 아버지가 재혼을 하셨어. 미국에서는 흔한 일이지. 그래도 어린 마음에 큰 상처를 받았어. 마치 따뜻한 우리 집이 아닌 것 같은 기분?"

처음 듣는 이야기였다.

"……."

"뭐, 그 뒤로 점차 적응하기는 했지만 초반에는 무척 힘들었지. 그렇다고 아버지가 아버지가 아니게 되는 건 아니니까. 새엄마도 잘해주셨고."

"나도 알고 있어. 아저씨가 좋은 분이라는 거. 이제 받아들일 수 있다고 생각했는데 막상 경험해 보니… 마음처럼 안 돼."

카타리나가 운전을 하고 있는 우민의 머리를 쓰다듬었다. 마치 다 안다는 듯한 눈빛.

갑작스러운 카타리나의 고백 때문일까. 우민도 군이 그 손길을 피하지 않았다.

"어쩔 수 없는 일이지. 시간이 해결해 줄 거야."

카타리나도 그 말을 끝으로 더 이상 위로하지 않았다. 그저 다른 말로 화제를 돌릴 뿐이었다.

"네 말대로 거기나 가보자."

"어디?"

"블록을 통째로 매입했다며? 아까 거기 간다는 거 아냐?"

공사가 얼마나 진행되었는지 궁금하기도 했다. 우민은 카타리나 집으로 가던 핸들을 돌려 가로수길로 향했다.

설날이지만 가로수길은 사람들로 북적거렸다. 우민은 사람들을 피해 이면도로 쪽 자신이 매입한 건물들이 있는 곳으로 향했다. 도착해 보니 리모델링 중인 건물들이 천막에 휩싸여 있었다.

아직 공사가 진행 중.

그럼에도 관광객으로 보이는 사람들이 건물을 배경으로 사진을 찍고 있었다.

카타리나가 조용히 속삭였다.

"뭐야, 설마 네 팬들인가?"

"그럴 리가……."

그러나 우민은 이내 들린 일본 말에서 알 수 있었다.

"여기가 이우민 작가 거리로 조성될 장소란 말이지?"

"이우민 작가가 이곳을 다 매입해서 예술의 거리로 만들 거래."

"우와! 그러면 지금 한 번 찍고, 건물이 완성됐을 때 다시 와서 또 찍으면 되겠다."

"나도, 나도 같이 찍어줘."

우민은 사인을 해줄까 잠시 고민하다 팬들의 눈에 서려 있는 커다란 욕망에 몸을 움츠리며 자리를 피했다.

＊　　　＊　　　＊

기존 건축물을 철거하고, 새롭게 올리지는 않았다. 그저 약간의 리모델링을 거쳐 내, 외부의 인테리어를 좀 더 깔끔하게 바꾸었을 뿐이다.

그것만으로도 90년대에 지어진 오래된 단독주택은 트렌드를 따라가는 최신식 건물로 탈바꿈했다.

다른 다세대 건물들도 상황은 크게 다르지 않았다. 어차피 임대료 장사를 위해 매매한 건물이 아니었다.

다세대 건물까지 매입한 이유는 젊은 작가들이 사람이 많이 모이는 곳에서 임대료 걱정 없이 살 수 있도록 매매한 것이었다.

물론 공짜는 아니었다.

작품은 W 출판사를 통해 유통될 수 있도록 할 것이고, 추후 수익이 발생하면 일정 금액을 차감할 수 있도록 했다.

그리하여 만들어진 이우민 거리.

우민이 붙인 이름은 아니었다. 공사가 진행되며 우민이 통째로 블록을 사버렸다는 사실을 알게 된 사람들이 그렇게 명명했다.

건물들의 구조 변경이 끝나고 오픈 행사로 기획된 것이 그간 절판되었던 '그래도 사랑한다'의 한정판 판매.

책을 사기 위한 사람들의 열기는 대단했다.

"뭐야, 저 사람 텐트까지 치고 잔 거야?"

카타리나가 건물 앞에서 진을 치고 있는 사람들을 보며 물었다.

"그저께부터 여기서 숙식을 해결하더라."

"네가 인기가 있긴 한가 봐."

카타리나의 감탄에 함께 있던 전석영이 고개를 끄덕였다.

"인기 있는 정도가 아닙니다. 위인이라 부르는 사람까지 있어요. 이제는 하나의 종교가 되어버린 수준입니다."

"헤헤, 그럼 나는 '위인'의 여자 친구?"

카타리나의 애교에 우민은 웃을 수밖에 없었다. 출판사 직원들과 판매 준비를 하던 손석민은 절레절레 고개를 저었다.

"그냥 서점에서 대량으로 팔면 될 일을 뭘 이렇게 번거롭게 하냐."

우민은 조용히 단어 하나를 읊조렸다.

"명품."

"알았다. 알았어."

작은 서점으로 개조한 단독주택의 1층 안은 우민의 책들로 가득 차 있었다. 자세히 보면 일반 종이책이 아니었다.

양장본.

최초 판매되는 1,000권에는 우민의 친필 사인까지 되어 있었다. 가격은 초판만 두 배 가까이 되는 가격인 이만 원.

이미 사전 공지를 통해 가격을 발표했음에도 책을 사겠다는 사람은 넘쳐 났다.

"세팅 끝났다."

"10만 부 이상 없죠?"

"그래, 대신 못 팔면 이게 다 손해로 남는다는 거 꼭 기억해."

서점을 통하지 않고 직접 판다. 그만큼 수익률은 올라가지만 리스크는 커졌다.

"밖에 모인 사람들을 보면 그런 말 안 나올 겁니다."

"진작에 확인했다. 그래도 10만이라는 숫자는… 쉽지 않은 수치야."

오직 한 곳. 여기에서만 판매한다. 10만 명이 이곳을 다녀가야 한다는 소리다.

"하하, 그 정도면 이곳이 명소가 되기에 충분하겠네요."

"되고말고지. 충분하고말고. 팔려야 말이지."

우민의 미소가 한층 짙어졌다.

*　　　　*　　　　*

1등 구매자에게는 지금까지 우민이 출판한 책의 한정판 전부와 W 출판사에서 출간한 책들을 최대 100권까지 선택해서 받을 수 있는 상품권이 주어졌다.

그 밖에도 전자책을 볼 수 있는 이북 리더기, 최고급 독서대, 만년필 등 푸짐한 상품이 그를 기다리고 있었다.

"자, 치즈 해주세요."

사진사의 말에 우민이 V 자를 그렸고, 노숙 생활을 하던 1등 당첨자가 싱긋 웃어 보였다.

1등으로 책을 산 구매자에 대한 행사가 끝나고부터 본격적인 대혼란이 시작되었다.

"줄을 지켜주세요."

"새치기하시면 안 됩니다."

"여기 두 권이요."

"인당 다섯 권 이상은 판매되지 않습니다."

"어머, 발 밟으셨잖아요!"

뽀족한 여자의 음성에 걸걸한 남자가 답했다.

"어이구, 이거 죄송하게 됐습니다."

"아저씨, 사셨으면 빨리 비켜주세요. 뒤에 기다리는 사람이 얼마나 많은데요."

조그만 아이의 말에 덩치 큰 사내가 머리를 긁적거렸다.

"그, 그래."

너무 많은 사람이 얽히고설켜, 일대가 거의 마비되다시피 했다. 골목마다 사람이 들어차 있었고, 일대의 주차장들은 이미 공간이 남아 있지 않았다. 주말이면 일대는 밀려드는 사람들로 발 디딜 틈이 없을 만큼 붐볐다.

지금은 평일.

우민이 자리한 곳은 가로수길의 이면에 위치해 있었지만 주말보다 많은 사람들이 찾아왔다.

수십 명의 직원이 발바닥이 닳도록 돌아다니며 응대했지만 부족했다.

삑. 삑. 삑.

바코드 찍는 소리가 쉴 새 없이 매장을 수놓았다. 그 혼잡함에 한몫하는 건 한편에서 벌어지고 있는 우민의 사인회였다.

"작가님! 너무 잘생기셨어요!"

"너무 재밌습니다. 다음 권도 내주세요."

"수상 축하드려요! 꼬, 꼭 노벨 문학상도 타실 수 있을 거예요."

"이런 책이 19금 딱지가 붙다니 처음부터 말도 안 된다고 생각했어요!"

팬들은 이미 사인이 되어 있는 책을 사고는 들고 온 티셔츠나, 다른 책들에 사인을 받아갔다. 그렇게 늘어선 줄만 수백 명을 헤아렸다.

한창 사인에 집중하던 우민에게 다가온 손석민이 조용히 속삭였다.

"지금 대기하고 있는 인원이 천 명을 넘어갔다. 이대로라면 오늘 퇴근 못 해."

"네, 좋은 하루 되세요."

우민이 또 한 장의 사인을 마치고 말했다.

"그럼 밤새도록 하면 되겠네요. 분위기도 마치 클럽처럼 꾸미면 좋을 것 같은데……."

"뭐?"

"여기 있습니다."

"작가님! 파이팅이에요! 책 너무 재밌게 보고 있어요."

우민이 또 한 장의 사인을 마쳤다.

"야, 밤새도록 사인을 하겠다고?"

"신사역 근처가 클럽의 메카잖아요. 그걸 책의 메카로 바꾸려면 이 정도의 임팩트는 있어야 하니까요."

"밥은?"

"여기서 먹으면 되죠."

우민이 사인을 하고 있는 책상 바로 옆을 가리켰다. 그곳에는 팬들이 가져온 간식거리가 산처럼 쌓여 있었다.

샌드위치.

과자.

초콜릿.

간간히 사과나 오렌지 같은 과일도 놓여 있었다. 한 끼 식사로 전혀 부족함이 보이지 않았다.

"…그래. 네 마음대로 한번 해보자."

수많은 사람을 상대해서일까. 손석민은 지친 기색이 역력했다.

W 출판사에서 가장 잘나가는 작가의 사인회 겸 책 판매 행사. 자신이 빠질 수는 없는 노릇이었다.

"휴우……."

사인회가 모두 끝나고 쉬는 시간, 우민이 짧은 한숨을 내쉬며 팔목을 흔들었다. 밤 11시가 넘어가자 심신이 조금씩 지쳐가기 시작했다. 평소 운동으로 체력을 단련하지 않았다면 벌써 포기하고, 집으로 돌아갔을 것이다.

끝이 보이지 않던 긴 줄도 어느새 바닥을 보였다. 밤을 새지 않아도 될 것 같았다. 함께 있던 손석민도 안도의 한숨을 내쉬었다. 우민의 말마따나 정말 밤이라도 새우면 어쩌지 걱정을 하고 있던 참이었다.

"몇 권이나 팔렸어요?"

"한 오만 권 정도 될 것 같은데."

"흐음… 오늘 안으로 십만 권이 전부 팔릴 줄 알았는데, 약간 아쉽네요."

"십만 권 더 증쇄하라고 말해놨다."

"50만 권은 더 증쇄해야 할 것 같지 않아요? 내일 더 많은 사람이 찾아올 것 같은데."

"그럴 수가 있냐. 오늘 오픈발이라 이 정도지 원래 찾아오는 사람은 조금씩 줄어들게 돼 있어."

"하하, 그거야……."

손석민이 우민의 말을 중간에 가로채며 말했다.

"네게는 통용되지 않는다?"

우민은 그저 웃음으로 대답을 대신했다. 하루 종일 사인을 하느라 피곤한 하루였다.

오늘은 일찍 들어가고 싶었다.

"퇴근이나 하시죠."

*   *   *

"주차 금지 구역에 주차하셨습니다. 딱지 떼겠습니다."

"아, 아니, 그게 아니라 금방 책만 사고 갈 거라니까요."

"이름, 전화번호 불러주세요."

경찰의 강경한 태도에 차 주인이 결국 긴 한숨을 내쉬었다.

"휴우……."

압구정 현대백화점에서 현대고등학교에 이르는 길은 거의 마비되다시피 했다.

상황은 신사역, 압구정역 주변이라고 해서 다르지 않았다. 지하철역에서 밀려오는 사람들로 인산인해를 이루었다.

"어머, 어딜 만져요!"

"아니, 그게 아니라."

"거기 앞에 좀 비키세요."

일대에 빚어진 혼란에 경찰들까지 동원되어 교통 정리에 나섰지만 쉽지 않았다.

상황을 통제하고 있던 경찰이 동료 경찰에게 물었다.

"저 작가가 그렇게 유명한 사람이야?"

"너는 모르냐?"

"나야 경찰 시험 공부한다고 세상이랑 담 쌓고 있었잖아."

"네가 세상에 담 쌓고 있을 때 세상을 들썩인 사람이다."

"뭐 그, 우리 민아보다 유명한 사람이야?"

유민아.

노래에서부터 연기까지 요즘 최고의 주가를 구가하고 있는 연예인이었다.

공부로 세상과 담을 쌓고 있었던 경찰도 유민아라는 이름은 알고 있었다.

"유민아? 유민아는 상대도 안 되지."

"우리 청순, 상큼, 섹시의 대명사 유민아보다 유명하다고? 그 정도야?"

"너 찌라시 못 봤냐? 거기 보면 유민아가 몇 번을 대시했는데 차였다고 나와."

"헐… 우리 민아가?"

"그 정도가 아니다. 세계 각국을 돌아다니면서 테러리스트, 마약 카르텔들과 생사를 넘나드는 전투를 하고, 거기 사람들에게 삶의 희망을 불어넣은 분이다."

"그 정도면… 위인 수준인데?"

"위인이지. 파엘리 코엘르, 노아 테일러, 무라미 하루다 등과 호형호제하는 사이니까."

"그런 사람이 한국에 있단 말이야?"

"그러니까 우리가 사고 방지 차원에서 여기까지 와가지고 상황을 통제하고 있는 거야."

"끝나고 사인이라도 한 장 받아가야 하나."

"저기 줄 서 있는 사람들 안 보여? 너한테까지 차례가 오겠냐."

이틀째.

정말 우민의 말대로 어제보다 많은 사람들이 가로수길을 찾았다.

이틀 만에 10만 권을 완판시켰다.

증쇄된 50만 권을 파는 데 1주일밖에 걸리지 않았다. 곧 100억을 버는 데 1주일밖에 걸리지 않았다는 뜻이다.

서점을 통한 유통을 하지 않았다. 판매는 출판사 직원들을 동원했다. 결국 책을 찍어내는 비용밖에 들지 않았다.

그 비용조차 많은 책을 찍어낼수록 싸진다. 100억의 대부분이 고스란히 출판사의 수익으로 잡혔다.

"너 장사에도 소질이 있는 거냐?"

"말씀드렸잖아요. 뭘 해도 잘하겠지만 빌 게이츠는 떨어진 돈을 줍지……."

레퍼토리가 반복되려 하자 손석민이 재빨리 말을 가로챘다.

"하여간 대박이다, 대박. 일주일 만에 100억. 너한테 줄 임대료랑 인세를 빼도 30억이야."

"직원들 인센티브나 두둑이 챙겨주세요."

"너는? 너는 그 돈으로 뭐 할 건데?"

"저야 뭐 항상 똑같죠."

"이 주변 집 더 사려고?"

"어? 요새 독심술 익히세요?"

우민이 놀란 표정을 지어 보였다.

"우민아, 여기 강남이다. 강남에서도 제일 비싸다고 알려진 압구정 주변이야."

"아저씨, 저 이우민이에요. 마음만 먹으면 일주일에 100억도 버는 작가랍니다."

우민은 한마디 말로 손석민을 당황시켰다.

"그… 그렇기야 하지."

"주변 두 개 블록 더 매입하려고요. '이우민 거리'라는 이름이 붙으려면 그 정도는 돼야 하니까요."

"이 일대를 다 살 생각이냐?"

"여력이 되면요."

"…그, 그래. 너라면 뭐. 충분하겠지."

앞으로 지급될 인세를 생각하다면 불가능한 일은 아니다. 더욱이 앞으로 개봉할 영화가 우민의 말대로 흥행한다면 그 정도쯤은 일도 아니다.

"말씀드린 일은 잘 진행되고 있어요?"

"PD는 지금 세 명 섭외했고, 작가들도 민영 씨 통해서 지속적으로 영입하는 중이다."

"저희는 '들리지 않아도' 같은 콘텐츠도 많이 있으니까 드라마 쪽 PD에 신경을 많이 써주세요. 그리고 예능 쪽 PD도 섭외해야 해요. 아시다시피 이미 프로그램 두 개나 성공시킨 경험이 있으니까 PD만 잘 섭외되면 탄탄대로를 달릴 수 있을 겁니다."

"그 말은 뭐냐… 결국은 다 신경 쓰라는 말이잖아."

"주식회사 상장이 쉬운 일은 아니니까요."

"요즘은 가끔 그런 생각이 든다. 상장이고 뭐고, 그냥 네 에이전트나 하면서 편하게 돈 벌고 싶다는 생각."

"이미 돌아올 수 없는 강을 건너신 겁니다."

손석민은 문득 이렇게 과로를 하다가는 정말 돌아올 수 없는 강을 건너게 될지도 모른다는 생각에 빠져들었다.

＊　　　　＊　　　　＊

시커멓게 탄 얼굴이 그보다 검은 선글라스에 가려져 있었다. 헐렁한 반팔 티셔츠에 캐리어를 끌고 입국장을 나서는 이는 김승완. 뉴질랜드에서 기나긴 영화 촬영을 끝내고 돌아오는 길이었다.

공항을 벗어나자마자 김승완은 대기하고 있던 차에 올라탔다. 검은색 밴 안에는 이미 손석민, 그리고 우민이 타고 있었다. 차에 올라탄 김승완에게 우민이 물었다.

"이제 편집만 하면 되는 건가요?"

"네, 이미 그림은 다 그려놓았으니 그리 오래 걸리지는 않을 겁니다."

"컴퓨터 그래픽 작업은 오래 걸리지 않을까요?"

"최고의 엔지니어들을 붙여주신 덕분에 시간이 많이 단축 될 것 같아요."

함께 앉아 있던 손석민이 한마디 거들었다.

"돈 많이 썼다."

김승완이 약간 멋쩍게 웃어 보였다.

"하하, 알고 있습니다."

1,300억.

지금까지 촬영에 들어간 돈에 앞으로 들어갈 마케팅 비용, 배급 비용까지 합친 돈이었다.

규모 면에서만 보자면 할리우드에서 개봉되는 여느 영화들 못지않았다.

"전에 말씀드렸다시피 편집할 때는 저도 같이 봤으면 해요. 여기에 여러 명의 사활이 걸려 있다 보니 신중에 신중을 기하 고 싶어서요."

김승완이 고개를 끄덕였다. 투입된 자금을 생각한다면 이 정도 요구는 아무것도 아니었다.

감독의 고유 권한인 편집에 대해서도 처음부터 함께하기로 이미 약속되어 있었다.

"물론입니다. 이미 계약서에도 쓰여 있는 내용이니까요."

그제야 손석민이 손을 내밀며 말했다.

"늦었지만 돌아온 걸 축하드립니다. 앞으로 마무리까지 잘 부탁드려요."

"아닙니다. 오히려 제가 잘 부탁드려야죠."

둘이 대화를 나누고 있는 사이 우민이 말했다.

"전에도 말씀드렸다시피 여기서 끝낼 생각은 없어요. 또 다른 차기작, 그리고 또 다른 작품들로 영화를 계속 만들어 나갈 생각합니다. 이건 그 시작이 될 작품이에요. 성공. 그 외에는 용납되지 않습니다."

우민의 마지막 말에 웃고 있던 둘의 얼굴이 다시금 굳어졌다.

『재벌 작가』 7권에 계속…